Klaus Burda

Drüben am schwarzen Bach

Kritzeleien

videel

ISBN 3-89906-865-3

© 2004 by Verlag videel OHG, Niebüll
Schmiedestr. 13 - 25899 Niebüll
Tel.: 04661 - 90010, Fax: 04661 - 900179
eMail: info@videel.de
http://www.videel.de
Alle Rechte liegen beim Autor

Gesamtherstellung: videel, Niebüll
Titelbild und
Zeichnungen: Klaus Burda
Seitenlayout und
Umschlaggestaltung: Helmuth Kratz, Niebüll

Vom gleichen Autor ist erschienen:

Das Märchen vom Schäfer, der Millionär werden wollte
Ein Sachsen-Anhalter Märchen   ISBN 3-89906-213-2

Bibliografische Information Der Deutschen Bibliothek
Die Deutsche Bibliothek verzeichnet diese Publikation in der Deutschen Nationalbibliografie;
detaillierte bibliografische Daten sind im Internet über http://dnb.ddb.de abrufbar.
Bibliographic information published by Die Deutsche Bibliothek
Die Deutsche Bibliothek lists this publication in the Deutsche Nationalbibliografie;
detailed bibliographic data are available in the Internet at http://dnb.ddb.de

Inhalt

Zum Buch:

Die Zeichnungen und Schriften lagen um die 20 Jahre in meiner Schublade. Sie entstanden als Dahingekritzel immer nach meinen DDR-Besuchen, und ich möchte heute meine eigenartige Stilrichtung „Kritzelismuß" nennen. Wobei die Betonung absichtlich auf dem guten alten „ß" liegt. Die Bilder sind farblos gehalten, wie die DDR an und für sich auch war, nur die Bonzen (wie man auf dem Einband erkennen kann) lebten in einer bunteren Welt, so wie überall auch. Aber die Natur malt trotzdem für alle gleich schön, denn nur für sie sind wir wirklich irgendwann alle gleich. Die Abzeichen, die die Figuren tragen, wurden zum besseren Verständnis nicht wahrheitsgetreu nachgebildet. Das gekästelte Papier, das ich ab und zu verwendet habe, soll den „Eisernen Vorhang" bildlich darstellen. Namensgebungen sind nicht immer korrekt, sondern geben absichtlich die regimeübliche Wortschöpfung wieder, um jede Zeichnung sogleich dieser Ära zuordnen zu können. Die Redensarten sind ein sächsisches Kauderwelsch mit klartextlichem Anhang.

Modell gestanden hat das Leben, meine Studien waren der Augenblick, und meine „Werke" nur die Eingebung einer blitzhaften Phantasterei.

Was damals ein winziges Wermutströpfchen in einer undurchsichtigen politischen Suppe gewesen wäre, ist heute nur noch Wehmut und Weh oder wenn man will, auch ein bißchen heiterer Rückblick.

Eine stumpfsinnige Vergeßlichkeit schleicht sich nun durch die, wie allerorts blühenden, vom Straßenbau zerfurchten, Strommühlenlandschaften. Nichts ist mehr aktuell; ob es noch interessant ist, überlasse ich den Zeiten.

Der Pflaumenkuchen

Drüben am Bach steigt Dunst auf und bewegt sich schläfrig durch die schon buntblättrigen Weidensträucher. Der Bach stinkt. Er wälzt sich rabenschwarz durch sein schlammiges Bett,und man erzählt sich, mit seinen Wassern wird irgendwo Kohle gewaschen.

Doch wer sich an den Geruch des Baches gewöhnt hat, wie der Junge, der dort an der Hauswand lehnt, findet ihn ganz angenehm und vertraut. Er hat schon oft in dem Kohleschlamm an seinen Ufern gespielt.

Er schaut trübselig in den Himmel, wo die Sonne nur mondblaß durch die wallenden Nebelschwaden dringt. Doch hier und da wirft sie schon eine Handvoll Strahlengold auf irgendein Dach oder ein Stück Wiese. Es ist ein herbstlicher Vormittag.

Das Kind sieht unterernährt aus. Sein Kopf und die Knie scheinen entartet im Verhältnis zu den anderen Körperteilen und der Bauch steht aufgebläht und schief hervor. Die Augen sind etwas zu groß. Ein marineblauer Pullover, mit hellem Norwegermuster auf der Brust, ist in die bundenge kurze Hose gestopft, welche Verlängerung in langen braunen Strümpfen findet, die die viel zu dünnen Beine umschlottern. Das Material der Halbschuhe besteht aus schweißfesthaltendem, ameisenfarbenen Kunststoff, der bei Kälte stocksteif wird. Sein Haar ist rundherum läusefeindlich kurz geschoren und sprießt kräftig mit vielen Wirbeln in alle Himmelsrichtungen. Nur vorne hat man ihm eine Art Napoleonlocke gelassen.

Nebenan am Nachbarhaus wird jetzt eine Hoftüre quietschend geöffnet und dann fest zugeschlagen, so daß das ganze klobige Holztor noch lange nachklappert.

Der Kleine, der dort heraustritt, sieht dem anderen fast ähnlich, wenigstens was Kleidung, Ernährung und Frisur anbetrifft. Nur sein Gesicht sieht dem eines Boxerhundes gleich und die Augen versuchen finster zu den zwei blauunterlaufenen Beulen auf der Stirn hinaufzublicken. Beide sind etwa gleichaltrig, zwei neunmalkluge Knirpse. Der beulige Bub nähert sich dem anderen jetzt etwas schüchtern, doch bleibt er in sicherem Abstand an der Wand des Hauses, aus dem er gekommen ist, stehen. Mit hängendem Gesicht schielt er jetzt zu dem Nachbarn hinüber, doch dieser schenkt ihm keinen Blick, sondern ruft nur laut und mit krächzender Stimme: „Wenn du noch ein Horn haben willst, dann komm doch her!"

Der Junge mit den Beulen schweigt lange und grübelt nach einem Grund um die Streitigkeiten zu beenden. Sie hatten am Vortage miteinander gerauft, wovon die zwei geschwollenen Stellen an seinem Kopf übriggeblieben waren. Doch jetzt zieht es ihn nach kurzer Zeit des Alleinseins wieder zu seinem einzigen Spielkameraden hin. Und da es bei Kindern keiner Entschuldigung bedarf, sondern nur des Interesseweckens für eine Sache um einen unliebsamen Zwischenfall zu vergessen, ruft er einfach geheimnisvoll zurück: „Mein Papa hat mir gestern Abend gezeigt, wie man Karnickelschlingen stellt. Ich gehe dann in den Steinbruch Schlingenstellen. Gehst du mit, Heinzi?"

„Hast du gepetzt?" fragt dieser noch etwas skeptisch zurück, doch schon Feuer und Flamme. „Hast du denn auch Bindfaden?"

„Ich habe nicht gepetzt. - - Das macht man mit Draht, nicht mit Bindfaden, Heinzi. Und den suchen wir uns in der Aschengrube. Aber erst nach dem Essen."

Aus dem Nebel über der Bachbrücke lösen sich zwei dunkle Gestalten. Es sind zwei stämmige Frauen und sie schleppen schwer an einer fünfstöckigen Kuchentrage. Kurz vor den Kindern machen sie halt und verschnaufen für einen Moment. Die großen viereckigen Kuchen werden von Wespen umschwärmt. Vergeblich versucht man sie zu verjagen. Dann heben sie im Ungleichschritt wieder an und bald hat sie der Nebel wieder verschluckt.

Jetzt erst bekommen die Kinder den köstlichen Pflaumengeruch wahr. Ihre Münder stehen staunend offen und zwei aufgerissene Augenpaare blicken immernoch sehnsüchtig auf die Stelle, wo der Nebel die zwei Bauernweiber verschluckte.

„Oh, jetzt möchte ich eine Wespe sein, Heinzi" Der beulige Junge würgt hart seinen überflüssigen Speichel hinunter.

„Hahah, die würden dich ja auch verscheuchen."

„Pha, nee! Die täte ich in ihren fetten Arsch stechen, daß sie rennen müßten und das Gestell mit dem Kuchen umkippt", verteidigt sich wespeninschutznehmend der Beulige.

Beide lachen herzlich und laut, obwohl ihnen garnicht danach zumute ist. So ein Stück Pflaumenkuchen, das ist halt für sie nur ein Traum.

Als Heinzi in die dürftig eingerichtete Stube kommt, sitzt seine Mutter am Tisch und schluchzt leise. Sie wischt sich die Tränen mit dem Schürzenzipfel weg und holt zwei Aluminiumteller aus dem wackligen Küchenschrank.

„Was gibts denn heute, Mutti?" fragt der Junge leise.

Die Frau reagiert nicht, sondern stellt schweigend die vollgeschöpften Teller mit einem Lappen auf den mit weißgelber Ölfarbe angestrichenen Tisch.

Der Junge macht ein betrübtes Gesicht. „Ooch, schon wieder nur Suppe. Warum backst du denn nicht mal einen Pflaumenkuchen, Mutti?"

„Wie stellst du dir das vor, Heinzi?" meint die Frau weinerlich. „Es gibt kein Mehl, es gibt keinen Zucker, es gibt keine Hefe. Ja, wenn wir Speck oder Kartoffeln zum Tauschen hätten. Mit tauschen bekommt man alles. Doch in unserem Konsum gibts doch nichts. Wir sind arm, Heinzi. Mit Kunsthonig kann ich keinen Kuchen backen. Der Bäcker backt dir einen, da will er aber Wurst dafür oder Butter oder Kartoffeln oder viel Geld."

„Aber Pflaumen, die könnte ich dir klauen, Mutti."

Viel zu früh setzt in diesem Jahr der Schneefall ein. Es ist erst über Mitte Oktober. Der Kleine kniet auf einem wackligen Stuhl, der bald auseinanderzufallen droht, und schaut abwesend zum Fenster hinaus. Er sieht den kleinen, grießelnden Flocken zu, die zusehends alles weiß überzuckern. Doch er freut sich nicht so recht über den Schnee. Sein großer Kopf ist leicht gerötet und sein Atem geht schwer, manchmal richtig pfeifend.

„Mutti", klingt seine Stimme jetzt ängstlich, „mein Hals tut immer mehr weh und ich kriege bald keine Luft mehr."

„Komm, gurgle nochmal mit Kamillentee, Junge. Die Krankenschwester, die Frau Bär, kommt ja bald." Die Mutter bringt ihm eine dampfende Tasse ans Fensterbrett. Die große Küche ist Esszimmer, Wohnzimmer und Schneiderstube zugleich, denn rechts neben dem Fenster steht eine alte Singer-Nähmaschine. Die Vermieterin, die selbst nicht mehr näht, hat sie der Mutter überlassen.

„Ach, die weiß auch nichts besseres als gurgeln, immer nur gurgeln. Ich kann nicht mehr gurgeln." Der Junge setzt gerade wieder zum Gurgeln an, da klopft es. Erschrocken hat er den Tee gleich verschluckt. Er schreit leise und heiser auf vor Schmerz. Sein Gesicht ist auf einmal schlagartig leichenblaß.

Die Ortskrankenschwester kommt herein. „Soo, wie gehts denn?" fragt sie leutselig, während sie ihr Köfferchen auf den Tisch stellt und sofort öffnet.

„Es geht ihm schlechter, Frau Bär", antwortet die Mutter, „er sagt, er kriegt kaum noch Luft und hat große Schmerzen beim Schlucken."

Frau Bär zieht einen weißen Kittel über. „Soo, steck mal die Zunge raus. Aaaah!"

„Aaah."

Die sommersprossige Hand der alten Schwester drückt das flache Hölzchen fest auf die Zunge des Jungen, während sie linkshändig mit einer Taschenlampe in seinen Rachen leuchtet.Jetzt beginnt ihre Hand mit der Lampe leicht zu zittern. „Nochmal: Aaaah!"

Winzige Schweißperlen treten auf ihre Stirn, die fast so weiß wird wie ihr Kittel, als der Junge Aaaah sagt. Sie muß sich laut räuspern, um ihrer Stimme Festigkeit zu geben, bevor sie ihre Diagnose erklärt: „Der Kleine muß sofort ins Krankenhaus. Ich habe Verdacht auf Diphtherie. Ich gehe nach Hause und rufe den Krankenwagen an. Machen Sie inzwischen den Jungen fertig und richten Sie seine Sachen her: Zahnputzzeug, Schlafanzüge oder Nachthemden und so weiter."

„Jeses!" ruft die Mutter erschrocken. Doch die Gemeindeschwester hat in der Eile die Wohnung mit samt dem weißen Kittel schon verlassen. Der Junge hält den Mund immernoch offen.

„Jeses, Heinzi, du mußt ins Krankenhaus!" Sie eilt in das gemeinsame Schlafzimmer der Zweizimmerwohnung und wühlt hastig in einem Wäschekorb herum, denn sie besitzen keinen Schrank. Ihre Hände flattern. Sie findet lange nichts vor lauter Aufregung.

„Jeses", spricht sie zu sich selbst, „an Diphtherie sind schon so viele gestorben." Sie jammert jetzt etwas lauter und zerrt tränenblind in dem Wäschekorb herum. Nervös und zornig stülpt sie ihn einfach um.

Die Tür wird plötzlich schwungvoll aufgestoßen und ihr Mann tritt ein. Er sieht sehr elend aus. Magengeschwüre und darum Appetitlosigkeit kommen bei ihm zum Hunger noch dazu. Er bringt die dürftigen Brote, die ihm die Frau morgens mit in die Fabrik gibt, abends meistens wieder mit nach Hause. Sein Humor scheint aber dennoch ungebrochen, denn er grüßt frohgelaunt: „Mahlzeit! Was gibts denn heit? Trocken Brot mit Bemme?"

Doch als die Frau ihm nun weinend erzählt, daß das Kind anscheinend Diphtherie hat und schnellstens ins Krankenhaus muß, da war auch dieses Fünkchen Humor plötzlich restlos verschwunden.

Und als die Krankenschwester zurückkommt und aufgeregt meldet, daß kein Krankenwagen kommen kann, weil er irgendwo im Schnee mit seinen abgefahrenen Reifen steckengeblieben ist, da scheinen alle für einen Moment hoffnungslos verzweifelt. Der Mann faßt sich als erster wieder.

„Alsdann, den Jungen warm anziehen! Kinderwagl raus! Los gehts! Wir schaffen ihn zu Fuß ins Krankenhaus!"

„Bei dem Wetter?!" ruft die Schwester empört. „Aber in unserem Dorf hat auch niemand ein Auto und Bus fährt jetzt keiner mehr. Taxen gibt es nur zweie in der Stadt, da hat es bei dem Wetter erst gar keinen Zweck eine zu rufen. Bei Diphtherie ist immer Eile geboten. Soll ich doch nochmal versuchen ...?"

„Das ist vielleicht alles verlorene Zeit, Frau Bär. Bevor wir lange betteln, fahren wir den Jungen mit dem Kinderwagl in die Stadt." Dieser halb verhungerte Mann konnte dennoch sehr aktiv und entschlossen sein. „Auf gehts, Minkl!" ruft er befehlend seiner Frau zu. „Wir laufen, bevor der Schnee noch höher wird! Die fünf Kilometer werden wir schon schaffen."

Er ist Arbeiter. Ein Mann der Tat, dem der Kampf mit Elend, Krankheit und Tod in dieser schweren Zeit keine Überlegung zu Wunschträumen läßt. Der Junge wird von ihm in den schon zu kleinen Kinderwagen gezwängt, so daß er die Knie stark anwinkeln muß, und gut zugedeckt. Selber eingemummt in ihre dürftige Kleidung gehen die Eltern los. Sie sind sich einig geworden, den kürzeren Feldweg am Fluß entlang zur Stadt hin zu nehmen.

Draußen ist es inzwischen dunkel. Nur im Schein der Fenster und Straßenfunzeln sieht man, daß es schneit. Noch liegt der Schnee nicht hoch und es ist nicht zu kalt. Die Größe der Schneeflocken wechselt. Einmal sind sie klein wie Graupen, dann wieder größer und beschwingt oder dick wie Daunen. Außerhalb des Dorfes liegen die verschneiten Felder in der milchigen Dämmerung einer sibirischen Landschaft. Sie haben

Mühe auf dem Weg zu bleiben. Hier am Fluß ist der Schnee noch sehr pappig. Ein ständiger Wind treibt nun die Flocken schräg heran und weht sie den Beiden eisig zwischen Mantelkragen und Haut, so daß sie den Kragen hochstellen müssen. Knöchelhohe Verwehungen haben sich bereits über die Fahrrinnen auf dem Feldweg gebildet und es wird immer schwieriger, den Kinderwagen vorwärts zu schieben. Hohe Schneestollen bleiben immer wieder an den mit Stoff bespannten Holzschuhen des Mannes kleben. Die starre Holzsohle gibt sie nicht frei, so daß er nach wenigen Schritten stehenbleiben muß, um den hartgepreßten Schnee durch seitliches Aufschlagen abzuklopfen. Fluchend bleibt er stehen. Sie verschnaufen eine Weile. Ihre Unterkleidung ist bereits schweißnaß. Wenigstens hat sie keine Probleme mit ihren verschlissenen Filzstiefeln. Der Mann zieht ärgerlich seine Schuhe aus und steckt sie in den Kinderwagen. Dann drängt er nur in den Fußlappen weiter. Sie fängt leise an zu weinen und macht ihm Vorwürfe. „Nicht, daß der Junge totkrank ist, jetzt fängst du auch noch an, alles nur noch schlimmer zu machen. Wenn ihr beide sterbt, geh ich ins Wasser."

Der hier breite Fluß mit den lehmbraunen Fluten schleicht unberührt lautlos dahin und verschluckt hungrig die immer dichter werdenden Schneeflocken.

„Mach mich jetzt nicht mit deinem Gejammere verrückt!" schreit er sie an, daß es laut in die milchige Nacht hinausgellt.

Sie verschnaufen wieder. Sie atmen beide schwer. Der Mann schlüpft für eine Weile wieder in seine Holzsohlenschuhe. Der Kleine schläft. Regelmäßig und pfeifend geht sein Atem, aber etwas hastig.

„Gott sei Dank, der Junge schläft", keucht der Vater. „Los weiter!" Er zieht die Schuhe wieder aus und steckt sie an den gleichen Platz in das Ende der Zudecke des Kinderwagens.

Plötzlich taucht vor ihnen im Schneetreiben eine dunkle Menschengestalt auf. Die Mutter preßt einen unterdrückten Angstschrei raus: „Jeses! Karli, wenn das Soldaten sind. Ich habe Angst. Da hinten sind die Kasernen." Sie schiebt den Kinderwagen nicht mehr, sondern klammert sich nur noch an der Stange fest.

Der Vater wird ärgerlich. „Scheiß dir doch nicht immer gleich in die Hosen! Was werden denn die jetzt hier von uns wollen? Und wenn, mit denen werde ich schon fertig."

„Denk nur dran, was unsere überall angestellt haben", barmt die Frau weiter.

„Und was haben die Tschechen mit uns angestellt? Wir haben keinem was getan und ich war noch nicht mal bei der Wehrmacht. In Wicklitz hätts das nicht gegeben, daß wegen so einem bissel Schnee kein Krankenwagen kommt. Und mir sind hier in dem verfluchten Saunest!"

Die dunkle eingemummte Gestalt kommt näher. Jetzt bleibt sie stehen, bis die Eltern sie erreicht haben.

Ein alter Mann mit Rucksack, bekleidet mit einem dicken Wintermantel, Schal, runtergeklappter Schimütze und schweren Filzstiefeln blickt sie zuerst mißtrauisch, doch dann staunend, an. Die Schneeflocken bleiben in seinem unrasierten Gesicht hängen.

Kopfschüttelnd spricht er die Eltern mit winterharter Stimme an: „Wo wollen Sie denn mit dem Kinderwagen hin bei dem Sauwetter?"

Die Frau antwortet zuerst, denn sie kennt den Alten vom Sehen. Ihre Stimme klingt etwas atemlos aber sofort tratschbereit. „Unser Junge hat wahrscheinlich Diphtherie und muß schnell ins Krankenhaus und der Krankenwagen fährt nicht, weil es schneit." Sie klopft mit einer verlegenen Geste die Schneeflocken von der Zudecke des Kinderwagens, was sie alle paar Sekunden wiederholt.

„Mein Gott, Sie laufen ja in den Socken durch den Schnee!" ruft plötzlich der Alte erschrocken und blickt auf die Füße des Mannes. „Haben Sie denn keine Schuhe?"

„Das sind Fußsackeln, für Socken haben wir kein Geld", meint der Vater etwas beschämt und zieht die Schuhe mit der Holzsohle aus dem Kinderwagen hervor um sie anzuziehen. Dabei ächzt er: „An den Saudingern bleibt der Schnee immer kleben, da kommt man nicht vorwärts."

„Ich verstehe, ich bin Schuster. Ich komme von der Stadt her gelaufen, weil der Bus nicht kam. Was haben Sie denn für eine Schuhgröße?" fragt der alte Schuster und zeigt auf die Holzschuhe.

„Vierundvierzig", antwortet der Vater.

Umständlich zieht der Alte seinen linken Filzstiefel aus und reicht ihn ihm hinkend und an der Schulter der Frau Halt suchend hin.

„Mit den Fußsackeln komm ich da nicht rein", meint dieser, als er anprobieren will.

„Dann kriegen Sie noch meine Socken. Her mit dem Fußlappen!" ruft der Schuster dem verdutzt dreinblickendem Mann zu. Der Vater fährt in den Stiefel hinein. „Paßt", sagt er etwas schüchtern.

„Gut, den anderen auch noch." Der Alte hat den Rucksack abgelegt, setzt sich darauf und zwängt sich ächzend in die Holzschuhe. „Ich habs nicht mehr so weit und nicht eilig. Ich komme mit den Holzpantinen schon zurecht. Sie sind doch die Flüchtlinge, die bei Wagners wohnen? Die Stiefel können Sie mir irgendwann zurückbringen. Und was hat die Fau für Schuhe an? Na, die gehen ja gerade noch. Einen kleinen Fuß, wie?"

„Ja, bloß sechsunddreißig, siebenunddreißig."

„Na, dann laufen Sie zu, daß der Junge ins Krankenhaus kommt. Mein Name ist Siegel, Schuster Siegel. Ich wohne unten bei der Mühle." Der Alte schultert den Rucksack und schreitet zu, ohne sich die Dankesreden der ihm verdutzt nachblickenden Eltern anzuhören.

„Elende Zeiten sind das", murmelt er vor sich hin. Bald hat das Schneetreiben seine düstere Gestald verschluckt. Die Eltern schauen ihm noch eine Weile wie gelähmt vor

Dankbarkeit nach. Dann schreiten sie mit frischem Elan aus und schieben den Kinderwagen schneller und hoffnungsvoller durch den immer höher werdenden Schnee.

Endlich erreichen sie das Krankenhaus. Gemeinsam tragen sie den Kinderwagen die Treppe hinauf in die Vorhalle. Ein großes, rotes Transparent leuchtet ihnen entgegen. Sie haben keine Zeit es zu lesen.

Eine Schwester kommt herbeigeeilt. „Sind Sie die Eltern mit dem diphtheriekranken Jungen? Die Gemeindeschwester aus Ihrem Ort hat schon ein paarmal angerufen, ob Sie schon da sind. Also, was Sie da gemacht haben, das ist ja . . . Bringen Sie das Kind gleich einen Stock höher zum OP, der Doktor wartet schon!"

Der Arzt kommt ihnen auf der Treppe schon mit wehendem Kittel entgegen. Ohne sich vorzustellen ruft er von weitem: „Schläft das Kind? Wecken Sie es auf!"

Die Mutter läßt in blindem Gehorsam sogleich den Kinderwagen los, so daß der Vater ihn geradenoch festhalten kann und rüttelt den Jungen an der Schulter. „Heinzi! Heinzi ! aufwachen!" Der Vater wird unbeherrscht und schnauzt den Arzt an: „Wollen Sie nicht die Hände aus den Hosentaschen nehmen und meiner Fau mit dem Kinderwagen behilflich sein?!"

„Entschuldigung, aber ich bin so überarbeitet."

„Was meinen Sie, was ich bin?!"

Das Gesicht des Jungen ist leichenblaß, als er die Augen öffnet. Sofort beginnt sein Atem wie ein hungriges Vögelchen an zu pfeifen. Fiiip. Fiiip . . .

Im Operationssaal ist mehr Licht. Der Arzt nimmt ein Stäbchen und drückt damit die Zunge des Jungen nach unten, so daß es ihn würgt. Dann schimpft er plötzlich los: „Allewetter! Das ist aber höchste Eisenbahn! Wie konnte das nur passieren?! Ich kenne die Frau Bär schon lange, sie ist eine der fähigsten Gemeindeschwestern in unserem Kreis, die man nicht nur auf Läusejagd schicken kann. Ihr gefallener Mann war ein Kollege von mir." Er fuchtelt wild mit den Armen herum. „Sie hätte das sehr viel früher erkennen müssen. Ich werde sie zur Rechenschaft ziehen. Ich begreife das nicht!" Er schüttelt immer wieder den Kopf. „Sofort Luftröhrenschnitt!"

Der Vater unterbricht ihn. „Die Frau Bär ist eine gute Frau, Herr Doktor, und wir wollen nicht . . . „

„Na", beruhigt ihn der Arzt, „wenn der Junge alles gut übersteht, will ich mal von einer Meldung absehen. Aber meine Meinung bekommt sie zu hören. Der Kleine ist unterernährt! Doch wer ist heutzutage schon dick? Wenn er ein gesundes Herz hat, wird er die Operation gut überstehen."

„Der Junge hat ein gutes Herz", antwortet die Mutter etwas naiv.

Der Vater unterbricht den selbstsicheren Arzt abermals. „Wir sind Flüchtlinge aus dem Sudetenland, Herr Doktor, und sind vor ein paar Monaten hierhergekommen. Wir durften fast nichts mitnehmen. Daheim hatten wir den Keller voll mit Eingemachtem . . ."

Die Stimme des Vaters beginnt zu zittern, so daß ihm der Arzt behilflich ins Wort fällt.

„Jaja, die Versorgungslage sieht katastrophal aus. Hier im Krankenhaus hat man vieles beschlagnahmt. Die Autos, die ganzen neuen Reifen, die Schneeketten. Einen Wagen mit völlig abgefahrenen Reifen hat man uns gelassen. Damit brauchen wir bei Schnee erst garnicht über Land zu fahren. Wir warten auf den Krankenwagen schon seit drei Stunden."

Der Arzt macht eine Pause. Eine Krankenschwester kommt und holt den Jungen ab. Die Mutter weint und winkt ihm nach. Auch dem Vater stehen jetzt Tränen in den Augen, die er mit seinen harten, schwieligen Händen abwischt.

„Legen Sie den Jungen gleich auf den Tisch, Schwester, wir müssen sofort operieren", ruft ihr der Doktor hinterher und wendet sich verabschiedend an die Eltern. „Sie dürfen dann den Jungen übermorgen zum ersten Mal besuchen. Morgen können Sie die Frau Bär mal anrufen lassen, wie es ihm geht. Doch jetzt muß ich mich um ihn kümmern. Noch zwei drei Tage und er wäre erstickt. Auf Wiedersehen!" Er reicht den Eltern die Hand und eilt mit wehendem Kittel davon.

„Ich gehe mal in die Kaserne auf die Kommandatur. Ich spreche ein bißchen ihre Sprache, vielleicht erreiche ich etwas für die Krankenwagen!" ruft ihm der Vater nach. Der Arzt zuckt nur die Schultern, ohne sich noch einmal umzuwenden.

Die Zeit vergeht. Die Mutter wartet alleine auf dem Gang mit dem Kinderwagen. Dann kommt ihr Mann zurück. „Komm, Minkl, den Kinderwagen raus ins Auto!" ruft er ihr entgegen. Da kommt die Krankenschwester aus dem Operationssaal. Die Mutter eilt auf sie zu. Doch die erspart ihr die Frage. „Die Operation ist gut verlaufen. Jetzt braucht er viel Ruhe."

Die Mutter schluchzt leise und zieht geräuschvoll das Nasenwasser hoch. Auch der Arzt erscheint jetzt bestätigend in der Tür.

„Morgen bekommen Sie einen Krankenwagen zurück und neue Reifen und Schneeketten!" ruft ihm der Vater freudestrahlend entgegen. „Mit Menschen kann man reden, Herr Doktor, nur mit Verbrechern muß man verhandeln."

Der Arzt blickt ganz verdutzt. Plötzlich erklingen schwere Soldatenstiefel auf dem Gang. „Dawei! Dawei!" ruft eine fremdländische Stimme.

„Komm, den Kinderwagen raus ins Auto, der Kerl fährt uns heim." Der Soldat nimmt den Kinderwagen unter den Arm und eilt damit die Treppe hinunter. Kurzerhand wirft er ihn auf den Lastwagen und steigt mit den Eltern im Fahrerhaus ein.

„So ein großes Auto für uns zwei", versucht die Frau eine Unterhaltung zu beginnen, doch der Soldat zuckt nur mit den Schultern und strahlt sie an. „Njet bonemei, Kammeradd."

Die Eltern sitzen schweigend an dem wackeligen Küchentisch und starren in die Flamme des Methanolkochers, die sich bläulich um den Boden des Aluminiumtopfes schmiegt, in dem Kartoffeln kochen. Der Vater hat ein paar Tage Urlaub bekommen. Er will seine Frau nicht mit der Ungewißheit über das Kind so ganz alleine zu Hause lassen. Einen richtigen Urlaub können sie sich sowieso nicht leisten. Die Frau wimmert ab und zu leise und hat schon drei nasse Taschentücher vor sich liegen. Der andere Topf auf dem schlanken Kanonenofen singt vor sich hin. Die alte Wanduhr tickt laut in der Stille, denn Straßenlärm gibt es nicht.

Da klopft es ganz leise an die Türe und beide rufen wie aus einem Munde mit bangem Herzen:

„Herein!"

Die Türklinke bewegt sich ganz langsam. Die Tür wird um einen Spalt geöffnet und das Boxergesicht des kleinen Nachbarjungen erscheint. Lange bleibt er in der Tür stehen und hat vor lauter Schüchternheit das Grüßen vergessen. „Ich wollte nur fragen, ob ich mitdarf, den Heinzi besuchen?" Seine Stimme klingt sehr leise und traurig.

„Ach, du bist`s Berndi." Die Frau atmet erleichtert durch. „Komm doch rein. Wir fahren morgen mit dem Bus in die Stadt ins Krankenhaus. Wenn du mitwillst, mußt du aber deiner Mutti Bescheid sagen." Der Junge macht wortlos und sachte die Tür wieder zu.

Die Eltern starren erneut stumm in die blaue Flamme des Kochers. Laut tickt die Wanduhr.

Es klopft abermals. Die Mutter hat den forschen Klopfton der Gemeindeschwester erkannt und springt mit wehem Griff zum Herzen auf.

Mit einem großen Korb im Arm betritt die Schwester die Wohnung. Sie läßt mit ihrer Botschaft nicht lange auf sich warten. „Die Operation ist gut verlaufen. Der Junge ist zwar unterernährt, hat aber kerngesunde Organe, heißt es. Keine Komplikationen."

Der Vater erhebt sich militärisch vom Stuhl und drückt ihre dargebotene Hand. Beide Frauen setzen sich hin und die Mutter seufzt dabei erleichtert: „Gott sei Dank, uns fällt ein Stein vom Herzen, Frau Bär."

„Mir auch, das können Sie mir glauben." Die Schwester atmet mit ernster Miene tief durch. „Es ist hier der erste Fall von Diphtherie, seit ich mich erinnern kann. Morgen findet im Gasthaus eine Pflichtimpfung statt. Jeder muß sich impfen lassen. Es geht bis abends um zehn."

Sie stellt bei diesen Worten den großen Weidenkorb vom Boden auf den Tisch, den sie mitgebracht hat. „Die Leute vom Dorf sind bei mir gewesen und haben für Sie Lebensmittel gebracht. Die große Speckseite ist von der Frau Dinger. Die Eier und die Gläser mit Wurst und Fett sind von Wagners. Mehl und Zucker und Zwiebeln von der Frau Weidig. Ach, ich weiß garnicht mehr, von wem das alles ist. Die alte Frau Kohl, die gleich hinterm Bach wohnt, sollen Sie mal besuchen und sich Äpfel und eingemachtes Obst abholen." Von Rührung überwältigt starren die Eltern auf die vielen Sachen. Da klopft es schon wieder.

Die Tür wird weit aufgestoßen und der alte Schuster tritt ein. Über der Schulter hat er ein Paar nagelneue Filzstiefel und ein Paar kleine feste Lederschuhe hängen. Er grüßt laut und erkundigt sich nach dem Befinden des Kindes. Dann stellt er die blitzblanken Schuhe und Stiefel ab und krächzt in tiefem Ton: „So, die sind für Sie. Die hatte ich noch auf Lager. Müßten eigentlich passen. Und kosten tun sie nichts. Ich bin sicher, Sie werfen mir dafür irgendwann mal einen Stein in den Garten. Und wenn Ihr Junge aus dem Krankenhaus ist, schicken Sie ihn mal zu mir."

Der Vater geht mit nassen Augen an den wackeligen Küchenschrank und bringt eine Flasche billigen Fusel und vier Gläser. Die Mutter verbirgt ihre Tränen in einem Taschentuch. Sie stochert dabei im Kartoffeltopf herum und schaltet den Kocher ab. Der Vater schenkt ein und das erste Mal nach dieser schweren Zeit huscht ein Lächeln über sein abgemagertes Gesicht. Etwas zitternd erhebt er sein Glas. Seine Stimme klingt noch etwas unsicher von dem langen Schweigen, aber schon wieder mit etwas hoffnungsvollem Humor. „Es ist ein Brauch von alters her, . . ."

„. . . wer Sorgen hat, hat auch Likör", ergänzt die Gemeindeschwester.

„Was? Dichten tun Sie auch, Frau Bär?" meint der alte Schuster, die Schwester erstaunt anblickend.

„Ich nicht", antwortet diese lachend, „aber der Wilhelm Busch hat es getan."
Die Eltern lachen nach langer Zeit wieder einmal Freudentränen.

Am nächsten Tag stehen die Eltern mit dem Nachbarjungen vor dem Krankenbett ihres Kindes. Der Arzt tritt hinzu und legt seine Hand auf die Schulter des Vaters. „Na, es geht ihm schon wieder besser und das Gesicht wird schon wieder rosig. Und, Danke. Wir haben den Krankenwagen und die Reifen mit den Schneeketten bekommen."

Der Junge hat einen dicken Verband mit einem roten Gummischlauch am Hals.

„Aber sprechen darf er noch nicht", meint der Doktor weiter, und auf den Freund des Patienten deutend. „Ist das auch Ihrer? Der ist ja auch unterernährt."

„Nein, das ist das Kind unserer Nachbarn, auch Flüchtlinge", berichtigt die Frau. „Wir haben ihnen von den Lebensmitteln abgegeben, die uns die Nachbarn geschenkt haben."

Das finstere Boxergesicht des Kleinen hellt sich sogleich auf, als er losplappert: „Mmmm, Heinzi", richtet er sich an seinen Freund im Bett, „heute früh habe ich richtige Spiegeleier mit Speck gefressen." Er streichelt dabei mit der Hand in kreisender Bewegung seinen großen Wasserbauch. Doch der Junge in dem Krankenbett schüttelt leicht den Kopf und winkt ihn mit der Hand näher zu sich heran. Mit den Fingern und den Lippen gibt er ihm einige Zeichen. Daraufhin bekommt sein Freund wieder sein finsteres Boxergesicht und spricht zu den Eltern emporschauend: „Der Heinzi meint, er will nur ein Stück Pflaumenkuchen, wenn er wieder zu Hause ist. Und Sie sollen auch jeden Tag ein Stückchen Brot für die Vögel vors Fenster legen."

Der Arzt und die Eltern lachen laut und die Mutter meint froh: „Das Christkindl bringt dir bestimmt einen ganzen Pflaumenkuchen, wenn es aus eingemachten Pflaumen einen backen kann, Heinzi, und die Vögel kriegen auch ein Stück."

Greif

Es gab viele Landschaften im Nachkriegsdeutschland, da wurde der Schulunterricht noch weitgehend ohne viel Zwänge und so individuell gestaltet, daß man keine Pisa-Studien brauchte. Dennoch wurde von den einstmaligen Schülern später ein hervorragendes Deutschland wieder aufgebaut. Und die Gewalt an den Schulen beschränkte sich auf ein paar Ohrfeigen.

Ein herbstlicher Windstoß weht viele kleine Blätter von den Akazien herunter. Ärgerlich streicht sich der Alte die gelben Blättlein wie großes Konfetti von Haar und Mantel ab. Er blickt finster zu den schon etwas entlaubten Zweigen der nicht hohen, rund zurechtgestutzten Bäume auf; doch dann huscht ein entschuldigendes Lächeln über seine zusammengepreßten Lippen. Er erinnert sich an die Bäume und deutet die Blätter als einen Gruß. Schon damals waren sie so rund, so alt und so zerfurcht gewesen. Vor fünfzig Jahren hatte er sie zum letzten Male gesehen.

Seit einer Weile steht er schon bei den Bäumen am Gehweg. Traurig schaut er nun wieder hinüber zu dem alten Backsteinhaus, das gerade abgerissen wird. Dort hatten sie einst gewohnt.

Bilder der Erinnerung kommen ihm nun und die Falten in seinem vergrämten Gesicht scheinen sich sogar etwas zu glätten . . .

Eilig irrte der lauwarme Frühlingswind durch die schmalen staubigen Gassen des kleinen, im Tale versteckten Dorfes. Denn es wurde Zeit! Wild schaukelte er sich auf den Stromdrähten, häufte Staub und Spreu um die grauen Häuserecken und rüttelte wie übergeschnappt an den alten klapprigen Fensterläden.

An einem rostigen Feststellhaken eines dieser schlotternden Holztafeln war ein ausgefranster Bindfaden verknotet, dessen anderes Ende mit einer liebevoll gebundenen Schleife den dünnen Hals eines jungen schwarzen Hundes zierte. Das Hündlein zitterte trotz der warmen Luft. Zog, sich rückwärts stemmend, mit den spitzen Zähnchen an dem rauhen Bindfaden - - gab auf und setzte sich, stand wieder auf und zitterte wieder und gab bei all diesen unruhigen Tätigkeiten ein leises, oft auch kurzes lautes Jammern von sich. Manchmal hob es noch etwas schwerfällig und in Wolfsmanier das feuchte Näschen empor, um prüfend den scharfen Bohnerwachsgeruch zu deuten, der aus allen Häusern zu kommen schien.

Es war ein Sonnabendvormittag im April der Nachkriegszeit. Der erste linde Tag des Jahres und es wurde überall emsig mit dem Frühjahrsputz begonnen. Sechs Wochen war erst das Hündlein alt und schon so weit weg von dem wärmenden Fell seiner Mutter. Es schaute nicht besonders klug in die Welt, sondern hatte eher den unbegreiflichen Augenaufschlag eines Schweines, das in ein Uhrwerk guckt. Von da, wo der stärkste Bohnerwachsgeruch herkam, dem offenen Fenster an dessen Ladenhaken das Hündchen angebunden war, wurden jetzt menschliche Stimmen laut.

„Bring mir ja das Hundeviech nicht in die frischgebohnerte Stube! Wart nur, bis der Papa kommt, der wird dir was erzählen! Schaff nur das Viech wieder zu dem, der dirs geschenkt hat. Wir haben selber nischt zu fressen."

Bei diesen scharfen Tönen drehte der kleine Hund jetzt ruckartig sein baumelndes Köpfchen, das der dünne Hals noch nicht kräftig genug stützen konnte, und versuchte ergebnislos seine hängenden Ohren zu dem lauter werdenden Geschrei hin aufzustellen. Er blinzelte nach oben zum Fenster, in dem sich eitel die Sonne spiegelte, und wieder konnte er das Köpfchen nur mit Mühe stillhalten. Angestrengt hielt das Hündchen jetzt den Atem an. Es schien mit schräger Miene lauschend, mitfühlend auf das Kinderweinen zu achten, um sofort solidarisch dazu einzustimmen.

In der kleinen, einfach und dürftig möblierten Wohnung, aus der die Stimmen drangen, hauste eine vierköpfige Familie. Sie waren arm, wie alle, die schon vor dem Krieg nicht viel besessen hatten und dann so manches gute Stück für etwas zum Essen hatten eintauschen müssen. Ihre Umgangssprache, und besonders der Ton der Vorwürfe, war daher auch herzhafter geworden, denn die nicht ausbleibenden Beziehungen zu Menschen eines solchen selbstverschuldeten Lebensstandardes verlangten es einfach so. Die scharfen Worte, die das Hündlein vernahm, gehörten einer Frau, einer hageren Mittvierzigerin. Das herzzerreißende Weinen ihrem Jüngsten, den sie gerade wegen des Hundes ausgeschimpft hatte. Schweigsam und mit offenen Augen träumend, war da noch ein etwas älterer Sohn, dessen Lieblingsbeschäftigung Sofaliegen zu sein schien. Doch anscheinend litt die ganze Familie unter dieser gesunden Krankheit, denn in der Wohnstube waren gleich zwei dieser Liegegelegenheiten aufgestellt. Auf dem anderen Faulenzer lag nämlich die Mutter, die nun ebenfalls schweigend das Plärren ihres Jüngsten verkraftete. Der Große lag auf dem Rücken, die Handflächen unter den bis zu den Ohrenspitzen kahlgeschorenen Schädel geschoben, während der Mutter ihre Lieblingsstellung die rechte Seitenlage war. Auch sie hielt die Hände unter den Kopf gelegt, aber seitlich, wie betend. Sie hatte das Mittagessen schon fertig: Margarineäugige Ingwersuppe ohne Einlage; Kartoffelbrei milchfrei; braune Zwiebelringe und Spinat aus selbstgepflückten Brennesseln. Nun harrte sie nur noch auf ihren Mann, der jeden Augenblick pünktlich und hungrig von der Arbeit kommen mußte. Ja, die Mahlzeiten waren hier noch dürftig, kurz nach dem Krieg.

Jetzt unterbrach der Ältere, ärgerlich zur Mutter gewandt, mit stimmbrüchigem Gefiepse den heulenden Kleinen. „Wegen dem Fressen mach dir mal keine Sorgen. Von mir aus kann der Hund meine tägliche Brennesselpampe kriegen.“

„Erzähle nicht, du Idiot du!“ schrie da sofort aufgebracht die Frau. „Bei uns gibts jetzt schon fast jeden Sonntag Fleisch! Aber gib doch dein Essen dem Köter, da mußt du eben hungern!“ „Da hungre ich eben!“ gab der Junge in gleicher Lautstärke zurück. Er schnellte vom Sofa auf, daß dessen alte Spiralfedern in den höchsten Tönen summten und griff nach dem Teller, um seine Portion für den Hund draufzutun.

„Wehe!“ keifte gleich wieder die Mutter. „Wehe, und du gibst dem Viech von dem guten Teller, wo wir davon essen! Du mußt doch blöde sein! Nimm den kleinen kaputten Aluminiumtopf. Und leere gleich den Matscheimer auf die Straße und hole gleich zwei Eimer Wasser von der Pumpe.“

Der Kleine hörte sofort zu weinen auf und rannte froh und schluchzend nach draußen. Das schwarze Fellknäuelchen zerrte schon wieder an dem Bindfaden und winselte dabei jämmerlich. Doch nun blinzelte es zu den beiden Kindern empor und wackelte dabei freudig mit dem Hinterteil; setzte sich ungeduldig und äugte abwechselnd von einem Augenpaar zum anderen. Die Jungen kauerten sich dicht zu ihm, schoben den Freßnapf hin, in den es sogleich neugierig sein Mäulchen steckte um es aber gleich wieder niesend herauszuziehen, weil ihm der Kartoffelbrei die Nasenlöcher verklebt hatte.

Seitdem blieb der Hund bei der Familie. Er wuchs bei Kartoffeln, die er nur noch unzerstampft mochte, Brennesselspinat und Sonntagsknochen rasch heran. Auch von den Nachbarn bekam er oft etwas zugetragen, so daß seine Sorge weniger dem Futter galt, als der, die so fein nach Bohnerwachs riechende Stube nicht mehr betreten zu dürfen. Nun war er wieder angebunden. Schwer hing eine Kette an seinem schon kräftigen Halse. Und man hörte die Frau immer öfter klagen: „Jeses, wie groß wird denn das Hundeviech noch?“

Anfangs war sein Wehgeschrei so markerschütternd, daß man ihn mitleidig wieder in die Wohnung holte. Doch von Mal zu Mal harrte er länger an der Kette aus. Bekläffte vorbeilaufende Leute; beschnupperte freilaufende Artgenossen, die ihn besuchten; jagte die Hühner von seinem Freßnapf, soweit es die Kette zuließ; und wenn er von alledem müde war, verkroch er sich auf das Strohlager, das man ihm in einem windschiefen Kohleschuppen eingerichtet hatte. Und wenn er vor Freude oder Zorn kräftig an der Kette zog, hatte man manchmal Angst, er könnte den Schuppen ganz einreißen. Kurz, er fand allmählich genug Ablenkung trotz seiner Angebundenheit und vergaß immer mehr das jaulende Klagen um das Bohnerwachs.

Umso größer war aber seine Freude, wenn die Kinder ihn losbanden um mit ihm auf Abenteuer in Feld und Flur zu ziehen. Jetzt überragte er schon die hohen Grashalme, die ihn sonst immer lästig in der Nase gekitzelt hatten und auch die Schnürsenkel an den Schuhen seiner Begleiter waren ihm kein Groll mehr. Nun zog es ihn geschäftig von Baum zu Baum und von Stein zu Stein, denn er hatte inzwischen von seinen älteren Artgenossen abgeschaut, wie man auch auf drei Beinen stehen konnte. Und je weiter er aus dem verspielten Alter herauskam, umso mehr machte es ihm Spaß mit dem großen der beiden Jungen auszugehen. Da hieß es: „Psst, Greif! Paß auf!" wenn sich irgendwo etwas regte oder wenn es im Gebüsch raschelte. Sein Hetzeifer erwachte. Die Schlapp- ohren versteiften sich bis zur Mitte, der kräftige Hals war auf dem Sprung - - und schon ging die Post ab, irgend einem Geräusch, einer Bewegung nach. Dann konnte ihn nichts mehr halten, und seinen Namen, pha, den schien er ganz vergessen zu haben.

Dem alten Mann schmerzen plötzlich die feuchten Augen. Müde geht er weiter unter den knorrigen Akazien dahin, ohne sich noch einmal nach dem schon halb abgerissenen Haus umzudrehen. Bei der Schule angekommen, setzt er sich auf eine Bank. Hohes, in der Sonne wie pures Gold leuchtendes Kastanienlaub bedeckt den menschenleeren Schulplatz. Das Gesicht des Alten bekommt einen schelmischen Ausdruck. Er denkt an seine Schulzeit. . .

Längst war das Taschenrechnerzeitalter angebrochen, doch damals rechnete man noch mit dem Kopf, dem Bleistift und den Fingern.

Das Gebiß

Da war ich doch gestern. . . So begann Lehrer Blitz immer seine Unterrichtsstunde, wenn ihm am Vortage nach der Schule irgend etwas Unangenehmes im Dorfe aufgefal- len oder begegnet war.

„Da war ich doch gestern abend spazieren und da wirft mir doch jemand einen grü- nen Apfel an den Kopf. Wer war das?! Mu?"

„Ich hatte gestern eine FÜNF und habe den ganzen Abend gelernt."

„Setzen. FÜNF. Wau?"

„Ich auch."

„Setzen. FÜNF. Sau?"

„Ich habe den ganzen Abend meinem Vater in der Backstube geholfen, Herr Blitz."
„Setzen. Auch FÜNF."

Kindersch. . . War seine Einleitung, wenn er den Schülern etwas Angenehmes mitteilen oder sie für etwas, seiner Meinung nach Großartiges, begeistern wollte.

Heute eröffnete er die Stunde folgendermaßen . . . „Da war ich doch gestern am Fluß spazieren und als ich nach einem Krebs sehen wollte, da ist mir doch vor Schreck gleich das Gebiß ins Wasser gefallen und ich konnte es nicht mehr finden. Obwohl es doch in der Nähe des Ufers liegen mußte. Aber das Wasser der Saale ist ja so dreckig, daß man nur einen kurzen Kreidestrich tief sieht."

„Wie hat er denn im Dreckwasser ausgesehen, der Krebs?" erklang eine verstellte, hinter der Hand hervorgepreßte Stimme, so daß alle lachen mußten.

„Wer war das?!" Vergeblich äugte der Lehrer in der Klasse herum.

Lehrer Blitz stand auf dem Podest vor der Tafel und rollte wippend seine Schuhsolen von der Hacke zur Spitze und von der Spitze zur Hacke ab. Die linke Hand hatte er in dcr Hosentasche einer nach oben hin ausgebeulten Sturmabteilungshose vergraben, seiner Lieblingshose, die noch einen sehr verdächtigen, undefinierbar überfärbten Braunschimmer aufwies.

Mit der Rechten zerbrach er die Kreidestücke auf der Tafelablage genau in der Mitte. Sein Mund war zahnlos faltig eingefallen, wodurch sein länglicher, zuckerrübenartiger Kopf mit den kurzgeschorenen grauen Haaren jetzt mumienhaft alt wirkte, obwohl er erst fünfzig war.

In Wahrheit war er gestern im Fluß baden gewesen. Aber ein ganzes Stück flußaufwärts und abseits vom Dorfe, damit ihn niemand dabei beobachten konnte. Jedoch der Bäckermeister, der zufällig auch zu dieser Stelle kam, um seine Brotschieber im Fluß zu waschen, überraschte ihn unglücklicherweise dabei. Vor Schreck hatte sich der Lehrer beim ansuferschwimmen verschluckt, so daß er einen Hustenanfall bekam, wobei sein künstliches Gebiß herausgeschleudert wurde. Zum Glück gleich bis an das Ufer, doch dann war es doch noch in das schlammige Wasser gerollt. Geistesgegenwärtig war er sogleich weggetaucht und noch ein Stück flußabwärts geschwommen, in der Hoffnung, der Bäcker hätte ihn vielleicht nicht erkannt. In einem Gebüsch am Ufer hatte er dann so lange gewartet, bis der Bäcker endlich wieder ging. Dann erst hatte er stundenlang vergebens nach seinem Gebiß gesucht. Auf dem Heimweg war er extra beim Bäcker vorbeigegangen, der um diese Zeit ewig seinen „Saurüssel" aus dem ebenerdig liegenden Backstubenfenster steckte und die vorbeilaufenden Leute beobachtete. Er hatte den Lehrer mit einem spöttischen Lächeln gegrüßt, und dieser schwor sich in diesem Moment, sein Brot von jetzt an nur noch im Konsum zu kaufen. Ein Schwur, der aber nicht lange anhielt, weil das Brot des Bäckermeisters einfach zu gut war, trotz der im Fluß gewaschenen Brotschieber.

Der Fluß war die einzige und nächstgelegene Badegelegenheit des kleinen Ortes. Eine nächste Möglichkeit gab es erst wieder in einem kilometerweit entfernten See. Die Kinder störte das schmutzige Flußwasser wenig, wenn auch einige sogar dreckiger herauskamen als sie hineingingen. Die jungen Leute badeten bis auf einige Ausnahmen auch noch, doch schon bei den älteren und erst recht bei denen, die sich zu den Besseren zählten, war dieses Vergnügen im Fluß natürlich längst verpönt.

Als der Lehrer Blitz nun seine Lügengeschichte vom Krebs beendet hatte und streng in die interessierten Gesichter der Kinder blickte - heute besonders in das des Bäckerjungen - begann er plötzlich: „Kindersch, heute lassen wir Deutsch und Rechnen wegfallen und machen dafür bei dem schönen Wetter zwei Stunden, oder auch länger, Sport."

Jubel der ganzen Klasse folgte seinen Worten. Einige Vorlaute, die gleich begriffen hatten, um was es ging, schrieen sofort durcheinander: „Herr Blitz, ich habe zu Hause eine Taucherbrille, soll ich die holen?!"

„Los, schnell heim!" rief jetzt auch der Lehrer enthusiastisch, von der Begeisterung seiner Klasse angesteckt.

„Herr Blitz, der Petz hat einen Hund, den Greif, der tut in der Saale immer nach Steinen tauchen. Der kann ihn doch mitnehmen?"

„Der tut, tut, tutuuut", kritisierte der Lehrer eine grammatikalische Untugend seines Schülers nachäffend und fragte erstaunt: „Wer ist der Petz?"

„Na, der Mu", rief einer.

„Also! Hund holen, Mu", befahl Herr Blitz. Er kannte die Spitznamen seiner Schüler nicht, denn er hatte sich seine eigenen gebildet, indem er sie bei den Vor- oder Endbuchstaben ihrer Namen rief.

In Zweierreihen ging es zum Saalestrand, der keine dreihundert Meter von der Schule entfernt war. „Den Hund im Dorf an die Leine nehmen, Mu!" befahl der Lehrer. Als man die Saale erreicht hatte, ging es nochmal eine Strecke flußaufwärts über von Gänsen abgeweidete Uferwiesen. Links stand eine Allee riesiger Pappeln, die mit dem lauen Sommerwind ihre schneeflockenartigen Samen auf die Reise schickten. Sie drehten sich im beschwingten Kaiserwalzer, den ihnen die Pappelblätter zuflüsterten.Der Lehrer schritt wie ein Häuptling voran und in den Reihen der Schüler wurden ab und zu Rufe mit verstellten, hohen Stimmlagen laut.

„So weit hinten waren Sie baden, Herr Blitz?"

„Wer war das?!" schrie der Lehrer zurück und reckte drohend seinen grauen Zuckerrübenkopf nach hinten. Niemand meldete sich und es ging weiter.

„Da hinten geht der Pastor auch immer baden, aber nackig!" rief wieder eine verstellte Stimme. Alle lachten. Blitzschnell fuhr Lehrer Blitz herum, um endlich einen Rufer zu erwischen, doch vergeblich. „Wo ist Sau?"

„Der ist mal ins Gebüsch austreten!" schrie dessen alleinlaufender Nachbar zurück.

„Alles halt! Wer hat vorhin gerufen?!" Der Erzieher reckte auf Zehenspitzen stehend den Hals wie ein Erdmännchen empor und seine nach oben aufgebauschten Sturmabteilungshosen zitterten. Wieder keine Antwort. Ab jetzt schritt der Kantor hinten. Ja, er war auch Organist und Leiter des Kirchenchores in der kleinen Gemeinde. Nun rief er: „Haaalt! Wir sind da."

„Das ist ja der Pferdebadeplatz", bemerkte der Bäckerjunge vorlaut, von lautem Gelächter begleidet, das wie Pferdegewieher klang. „Nein, Sau, das ist der Brotschieberbadeplatz!" konterte der Lehrer und erneut wieherte alles noch lauter. Nur der Bäckerjunge war still und bekam einen ganz roten Kopf.

Tatsächlich nannte man die Stelle PFERDEBADEPLATZ , weil sie bis zur Mitte des Flusses sehr seicht war und deshalb die Bauern hier oft ihre Pferde wuschen. Sanft strich der Fluß dahin. An einigen Stellen kräuselte der warme Wind leicht das Wasser und spiegelte auf den glatten Flächen der braunen Fluten den blauen Himmel zurück. Einige Schüler zogen sofort Schuhe und Strümpfe aus, doch die meisten hatten das bereits unter der Schulbank getan und waren barfuß gelaufen. Mit Gejohle erstürmten sie das Flußufer.

„Haaalt! Alles zurück!" griff sofort der Kantor ein. „Ihr wühlt ja noch mehr Dreck auf wie schon im Wasser ist. Immer nur fünf Mann ins Wasser. Das Gebiß muß gleich am Ufer liegen. Mu, mit dem Hund, zeig mal, ob der auch tauchen kann."

„Los, Petz!" schrieen einige Jungs. Petz war ein rotblonder, muskulöser Kerl. Er hob einen faustgroßen Stein vom Ufer auf, hielt ihn hoch, daß alle ihn sehen konnten und warf ihn zwei drei Meter weit ins Wasser. Der Hund sprang wie ein Frosch hinterher. Doch das Wasser reichte ihm an der Stelle, wo der Stein verschwunden war, gerade mal bis zum Bauch. Dann steckte er den Kopf unter Wasser und brachte tatsächlich den Stein zwischen den Zähnen zum Vorschein, dabei schüttelte er kräftig die Schlappohren.

„Hurraa!" So schrie die ganze Klasse. Und selbst Herr Blitz meinte anerkennend: „Also, das hätte ich nicht geglaubt. - - Und nun die ersten ins Wasser: Mu, mit dem Hund; Sau, ohne Brotschieber, hahaha; Wau mit der Taucherbrille; Tom; und Kiss." Kiss war ein zimperliches und schwächliches Mädchen. Sie hieß richtig Kissling. Ihr machte das Ganze keinen rechten Spaß, und gleich nachdem sie etwas scheu ins Wasser gegangen war, kam sie laut aufschreiend wieder heraus. Sie hatte sich den großen Zeh an einem Stein aufgeschlagen. Die Wunde blutete stark. Der Lehrer eilte sogleich herbei und besah sich den Zeh. Zugleich rief er: „Tom, komm! Du läufst sofort zurück zur Schule und holst den Pflasterkasten. Wenn du in fünfzehn Minuten nicht wieder hier bist, kriegst du eine FÜNF!" Der Kantor schaute dabei auf seine Taschenuhr und zog sie auf.

Tom, eigentlich Klaus Tomas und von den Kindern im Dorf mit Spitznamen „Ami" genannt, stampfte los. Die Klasse grölte und rief anfeuernd: „Ami - Ami - Ami . . ."

Der Ami war ein sehr dicker Bauernjunge und wog mit seinen dreizehn Jahren schon annähernd zwei Zentner. Die breitstämmigen Beine waren durch das hohe Körpergewicht schon x-förmig gebogen, wie bei einem schweren Schwein. Mit seinem mächtigen Hintern, der drall in der Turnhose wabbelte, sowie der ganzen Gangart, hatte er gerade jetzt etwas von einem solchen auf zwei Beinen davonhüpfenden Tier.

„Zwei Neue mit ins Wasser und weitersuchen", krächzte der Kantor zahnlos lachend, „aber auf die Steine aufpassen. Wer das Gebiß findet kriegt eine EINS."

Eifrig wurde jetzt weitergesucht. Der Junge mit der Taucherbrille steckte immerwieder kniend den Kopf unter Wasser und schrie, sogleich wieder Luft holend: „Wühlt doch nicht so'n Dreck auf! Ich seh ja garnichts!" Er rief immerzu dasselbe.

Lehrer Blitz hatte sich ins Gras gesetzt und seine Taschenuhr vor sich hingelegt. Die Wunde des Mädchens hatte er solange mit seinem Taschentuch verbunden. Einige Schüler kamen zu ihm und sahen neugierig auf die Uhr.

„Wieviel Zeit hat der Tomas noch?" fragte einer.

„Noch zwei Minuten", verriet der Lehrer.

Als die letzte Minute angebrochen war, begann ein Junge laut von sechzig an rückwärts zu zählen und auf einmal zählten alle mit. Von Spannung erfaßt starrten sie gebannt zum Ende des Trampelpfades, der am Flußufer entlangführte. Dort mußte der Ami auftauchen. Da schrie einer zwischen das Zählen: „Das schafft der nie, auch wenn er jetzt kommt!".

Man war inzwischen bei zweiundzwanzig Sekunden. Plötzlich fiel ein alles übertönender Schrei: „Da oben!!! Der Ami kommt!!!"

Der dicke Ami kam tatsächlich, aber nicht den Weg entlang, den alle im Auge hatten, sondern über die hohe Uferböschung herunter oben von den Feldern her. Also war er durch die Felder gerannt. Der Dicke kullerte mehr den Hügel herunter, als er lief. Seine sülzhaften Brüste wackelten aufgeregt nach allen Seiten. Unter dem rechten Arm hielt er krampfhaft den Pflasterkasten und sein patschnasses Nickihemd, das er ausgezogen hatte, während er mit der linken Hand Halt an Büschen und Gräsern suchte. Die ganze Klasse johlte und feuerte ihn an. Nur der Lehrer zählte eisern weiter und kam bis zwölf, als ihm sein Schüler Tom mit letzter Kraft den Verbandskasten überreichte. Ausgepumpt klappte der Läufer daraufhin wie ein vom Blitz getroffenes Nilpferd zusammen und legte sich auf den Rücken. Die breiten, fleischigen Schenkel weit von sich gestreckt, atmete er schwer und schloß dabei die Augen. Lehrer Blitz öffnete den Pflasterkasten und hielt ihm ein kleines Fläschchen unter die Nase. Mit einem erschrockenen Sprung war der Erschöpfte wieder auf den Beinen, worauf das Gelächter seiner Mitschüler kein Ende nehmen wollte.

„Ruhe!!!" schrie der Kantor. Nur die Vögel hörte man jetzt noch zwitschern.

„Ich habe eine Abkürzung genommen, Herr Blitz", prustete der beleibte Schüler Klaus Tomas hervor.

„Der war schneller als der Blitz!" ergellte ein Ruf mit verstellter Stimme. Der Ami strahlte über alle dicken Backen und die ganze Klasse gackerte.

„Wer war das?!" Der Lehrer drehte vergeblich drohend seinen Kopf.

„Du bekommst drei EINSEN, Tom. Eine in Deutsch, weil noch Deutschstunde ist. Eine für geistige Mitarbeit, denn du warst der Igel und wir die Hasen. Und die dritte in Sport, für außergewöhnliche Leistungen."

Der gewichtige Junge strahlte wie ein Putzeimer und blickte voller Stolz in die Runde. Es war die erste EINS seines Lebens, die er im Sport bekommen hatte. Ein anerkennendes Murmeln machte die Runde, denn jeder gönnte dem Dicken die wohlverdienten EINSEN und mancher klopfte ihm noch anerkennend auf die weiche Schulter.

Kantor Blitz war für seine spontane Art Zensuren zu geben bekannt und so mancher schlechte Schüler wußte, daß er mit Glück und geistesgegenwärtiger Anstrengung durchaus einmal zu einer EINS kommen konnte. Das war dann für einige immer wieder ein, wenn auch nur manchmal leider kurzer, Leistungsansporn. Jedoch waren diese so vergebenen Zensuren in den Augen des Lehrers nur tendenziell, aber durchaus richtungsweisend für die Versetzungsnoten und es konnte so aus einer FÜNF durchaus eine versetzungswichtige VIER MINUS werden, oder aus einer schlechten EINS gar nur eine gute ZWEI. Und er fand seine Regelung durchaus für gerechtfertigt, weil somit auch ein Schüler, der bis an die Grenze seiner Leistungsfähigkeit ging, zurecht dafür belohnt wurde. Allerdings hielt er die so unmittelbar vergebenen Zensuren immer in römischer Schreibweise fest.

Gerade hatte der Lehrer die Zensuren notiert und den Zeh seiner Schülerin verbunden, da machte er erschrocken einen festen Knoten drauf, daß das Mädchen vor Schmerz aufschrie. Er hielt wie gelähmt in seiner Bewegung inne. Jemand hatte gerufen: „Da! Der Greif hat das Gebiß gefunden!" Alles schaute zu dem Hund hin, der seinerseits verwirrt in der Tätigkeit des Lehrers Gebiß zu zerbeißen, das er zwischen den Vorderpfoten hatte, erstarrte. Er lag etwas abseits der Kindergruppe auf dem Bauche, mit den Lefzen den rosaleuchtenden, menschlichen Zahnersatz besabbernd. Gar listig schielte er nun mit seinen gelben Augen von einer Person zur anderen. Klar, er hatte durch das plötzliche Schweigen und die vielen auf sich gerichteten Augenpaare sofort erahnt, was er für einen kostbaren Fund zwischen seinen kräftigen Zähnen hielt. Der Lehrer war der erste, der sich bewegte, indem er sich von der Sitzstellung auf die Knie wälzte.Die Fäuste ins Gras gestützt, hockte er da wie ein angriffslustiger Gorilla. Seine entnazifizierte Sturmabteilungshose wirkte aufgebauscht und sah aus, als wolle sie über ungebetene Füllungszunahme die Ohren spitzen. Der Erzieher hatte vor Schreck unbeabsichtigt EINEN fahren lassen. Sein Zuckerrübenkopf war stiernackig in Richtung Hund gerichtet. Allgemeines, kurzes Gelächter.

Plötzlich schrie er los und seine Stimme klang beinahe wie das Heulen eines Wolfes: „Gib das Gebiß her!!! Du schwarzer Frosch, du!!!" Die Kinder lachten kurz. Auch Greif fühlte sich scheinbar an die Laute seiner Urahnen erinnert, denn er war sprunghaft aufgestanden und lugte unglaubhaft mit gespitzten Schlappohren zu dem Lehrer hin. Dieser erhob sich ebenfalls. Sofort schnappte der Hund nach seiner Beute im Grase, als er den Gebißjäger auf sich zukommen sah. Abwartend blickte er zu dem Mann; leicht und spielerisch auf dem Kleinod herumkauend. Dem Kantor war dabei die Zornesröte ins Gesicht gestiegen. Als er dem Hund zu nahe kam, scherte dieser mit der Beute aus und sprang zwischen die Kinder, die ihm jetzt ebenfalls nachstellten. Doch war keiner von ihnen ernsthaft darauf aus, den Hund und damit seinen Fund zu kriegen, aus Angst, die schöne Turnstunde könnte dann bald vorüber sein. Spielerisch hechteten einige vergeblich nach ihm.

Da schrie Herr Blitz: „Mu, nimm deinem Köter sofort das Gebiß weg"! Doch Greif hörte nicht. Weder auf sein Herrchen, noch auf sonst wen. Viel zu kostbar erschien ihm das Spielzeug, das er in seinem Maul trug, und die damit verbundene Hetz bereitete ihm viel zu viel Vergnügen. Hakenschlagend ging es über die Wiese; den Kindern zwischen den Beinen durch; im Wasser am Flußufer entlang, so daß dem Lehrer erneut ein Verzweiflungsschrei aus dem zahnlosen Munde fuhr.

„Ihn einkreisen!" rief dieser auf einmal, nervös seine entbräunten Sturmabteilungshosen hochziehend. „So wie es die schlauen Neandertaler gemacht haben! - - Nein! Nicht so! Den Ring enger schließen! So wie es die Sowjetarmee in Stalingrad gemacht hat! - - Mu, du kriegst für deinen Hund eine FÜNF in Sport wegen Befehlsverweigerung!" Breitbeinig blieb er stehen und schrieb in sein Notizbuch.

Der Kreis der Schüler schloß sich nun enger um den Hund. Schon konnte er keinem mehr durch die Beine springen. Wie zur Kapitulation legte Greif jetzt die falschen Menschenzähne vor sich ins Gras, doch hielt er die Schnauze in ihrer Nähe und schielte den Besitzer von unten herauf mißtrauisch an. Der rechtmäßige Eigentümer der Zähne wurde siegessicher und frech.

„So ists recht, du Sauköter. Jetzt gibst du auf, he?"

Und laut meinte er zu den Schülern: „Seht ihr, Kindersch, so sind die Neandertaler zu ihrem vollen Bauch gekommen!" Der Lehrer trat etwas in den Kreis, um sich nach den Zähnen zu bücken. Doch erschrocken hielt er inne, denn der Hund knurrte. Ganz langsam bückte er sich nach seiner greifbar nahen Kostbarkeit. Greifs Knurren wurde immer lauter. Da sagte der Junge, dem der Hund gehörte, leise: „Vorsicht, Herr Blitz, der Hund kann beißen."

„Du bekommst nachher eine FÜNF, wegen Angst vor dem Feind, Mu“, zischte der Kantor ebenfalls leise durch seinen gebißlosen Mund. Langsam bückte er sich weiter nach seinen Beißerchen. Jetzt schauten sich Hund und Lehrer feidselig in die Pupillen. Das Knurren des Hundes wurde lauter. Irgendwo knurrte auch der Magen eines Schülers. Ein kurzes Riesengelächter unterbrach die spannende Situation. Die Herzen der Kinder waren ganz auf Seiten des Hundes. Sofort war es wieder totenstill. Nur noch ein halber Meter trennte jetzt beide Kontrahenten von dem Gebiß. Da stieß der Arm des Schulmeisters wie eine schläfrige Ringelnatter zu. Doch Greif, Meister der Bewegung, war ihm an Schnelligkeit haushoch überlegen. Er schnappte rasch die Beißer und stürmte durch die Lücke, die der Lehrer in der Umzingelung gelassen und die die Schüler absichtlich nicht geschlossen hatten.

„Der ist schneller wie der Blitz“, rief wieder jemand mit verstellter Stimme.

„Schneller als der Blitz, heißt das! Wer war das? Der kriegt in Deutsch eine FÜNF!“

Doch die Klasse johlte und alles sprang wieder leichten Herzens durcheinander, dem Hund hinterher.

„Haaalt! Halthalthalt!“ rief Herr Blitz, wieder zur Ordnung rufend. „Das mit den Neandertalern ist also nicht mehr aktuell. Deswegen sind sie wahrscheinlich auch ausgestorben und die Hunde scheinen inzwischen auch schlauer geworden zu sein.“

„Und wenn wir ihn einkesseln, wie die Rote Armee es in Stalingrad gemacht hat“, wandte jemand ein.

„Nix! Neeneeneeneenee, Kindersch. Wir werden jetzt mal auf die karlmaysche Taktik der Indianer zurückkommen.“

„OOOH JAAA !“

„Ruhe!!!“ Herr Blitz hob blitzartig den Zeigefinger. „Nenne mir einen Helden der Sowjetunion, Mu?!“

„Mitschurin.“

„Gut. Für was hat Mitschurin den Leninorden bekommen, Tom?!“

„Mitschurin hat festgestellt, daß Marmelade Fett enthält.“ Kam es wie aus der Pistole geschossen. Ein riesiges Gelächter hob an und selbst der Lehrer mußte mitlachen und drohte belustigt mit dem Zeigefinger.

„Also. Wieder einen Kreis bilden und mit verschränkten Beinen hinsetzen. Wir werden schweigsam sein, wie die Apatschen, und so tun, als interessiere uns das Gebiß nicht mehr.“

Gesagt, getan. Alle saßen nun mit verschränkten Beinen im Kreis beisammen und unterhielten sich nur noch flüsternd oder durch Zeichensprache. Bald war es mucksmäuschenstill. Greif hatte sich ebenfalls in gehörigem Abstand von den „Kriegern“ niedergelassen und beleckte nun ausgiebig und in liebevoller Hingebung mit seiner langen Zunge die Kunststofftrophäe, so daß der feuchte Zungenschlag durch die Stille bis zu dem Kreis hinüberdrang, was den Ohren des Kantors sehr wehtat, zumal er sich so danach sehnte, seine Zähne bald wieder im Munde zu haben, um endlich wieder kräftig Wurst und Brot kauen zu können. Bei jedem Zungenschlag schien er etwas blasser zu werden. Die Schüler mußten sich das Lachen verkneifen.

„Mu", zitterte seine Stimme flüsternd und heiser, „nimm deinen Schädel etwas zur Seite, damit ich den elenden Hund besser sehen kann. Sobald das Biest mein Gebiß verläßt, rennst du, Heu, auf mein Kommando los. Du bist der Schnellste im Hundertmeterlauf. Aber", der Lehrer unterbrach seine Rede und hob vielsagend den Zeigefinger, „wir müssen darauf achten, daß der Abstand des Hundes von meinen Zähnen mindestens doppelt so groß ist als unserer, denn der läuft ja bestimmt doppelt so schnell als Heu. Warum, Heu?"

„Weil er vier Beine hat und ich bloß zwei, Herr Blitz."

„Setzen! Äääh, sitzenbleiben. DREI. Er hat auch eine bessere Lunge als du und sein Körper ist windschlüpfriger. Aber? Wir haben das Überraschungsmoment auf unserer Seite. Und so schlau kann der Köter nun doch nicht sein, um das nun auch noch mit einzuberechnen. Dann müßte er ja auch etwas von Mathematik verstehen, aber ich halte ihn nur für ein dummes aber gerissenes Vieh. Wir . . ."

„Herr Blitz, wäre es nicht besser wenn der Tom läuft, nach seinem so großartigen Erfolg vorhin?" Es war der Bäckerjunge. Alles kicherte verhalten durch die Nase.

„Sehr witzig, Sau. Du gehst am Rande einer FÜNF spazieren. Wieviele Brote kriegt dein Vater auf einmal in den Backofen?" flüsterte der Kantor.

„Zwölf."

„Koz, wie lautet die Zwölferreihe? Aber leise!" Kozlowski rasselte wie aus der Maschinenpistole die Zwölferreihe herunter, wegen der er schon einmal eine FÜNF bekommen hatte. „ 12 - 24 - 36 - 48 - 60 - 72 - 84 - 96 - 108 und 120."

„Na also. Wir müssen jetzt so tun, als ob wir uns für den Hund und meine Zähne überhaupt nicht interessieren. Keiner dreht sich um oder starrt absichtlich hin zu ihm. Nur ich werde ihn heimlich beobachten."

Greif spielte nun mit dem Gebiß: Grapschte mit den Pfoten danach, daß es in die Luft sprang; fing es geschickt wieder auf; schleuderte es mit dem Maul herum, so daß es sogar einmal ganz in die Nähe der verdutzt dahockenden „Indianer" rollte. Dann ließ er es gelangweilt irgendwo liegen und entfernte sich ein Stück, um sich in den kühlen Schatten eines Busches zu legen. Er behielt aber dabei die untauglichen Literaturrothäute genau im Auge. Es schien nur so, als hätte er für einen Augenblick sein Spielzeug vergessen. Nun beleckte er ausgiebig seine Männlichkeit am Hinterbauch. Plötzlich sprang er auf und eilte in leichtem Galopp wieder zu den Zähnen, herzte und liebkoste sie mit der Zunge. Irgendwer im Kreis hatte laut niesen müssen. Der Lehrer, der aus den Augenwinkeln die Beschäftigung des Hundes scharf beobachtete, wechselte vor Erregung abwechselnd die Gesichtsfarben in einem Tempo, um das ihn ein Chamäleon beneidet hätte und starrte kurz und drohend auf den Nieser. Einige Schüler, die im Gesichtswinkel zum Hund saßen und auch alles mitbekommen hatten, feixten leise.

Greif, der bald wieder davon überzeugt war, daß noch kein Angriff auf seinen Schatz drohte, ließ diesen wieder beruhigt liegen und entfernte sich noch etwas weiter, um einen Baum zu befeuchten. In dessen ausgiebigem Schatten ließ er sich nun nieder und gähnte wie ein müder Löwe. Die Schnauze gemütlich auf die Vorderpfoten gelegt, hielt er scheinbar ein Schläfchen für angebracht.

„Heu", flüsterte der Lehrer jetzt, „meinst du, du schaffst es? Zwei EINSEN , wenn du es schaffst."

„Ich weiß nicht, Herr Kantor. Ich habe meine Turnschuhe nicht an und da sind so viele Disteln und Gänsescheiße."

Der Lehrer drohte mit dem Finger. „Gänsemist, Heu! Wenn wir auch zur Zeit wilde Indianer sind, so wollen wir doch gesittet bleiben. Mu, gib ihm wenigstens deine Sandalen!"

Der Junge, dem der Hund gehörte, zog seine Sandalen aus und der Hundertmeterläufer schlüpfte ganz vorsichtig hinein. Heusel war ein mittelgroßer Kerl mit einem Körper wie aus Hartgummi, denn er konnte mühelos mit durchgedrückten Knien eine Stecknadel vom Boden aufheben, ohne dabei die Beine spreizen zu müssen.

„Ganz ruuuhig, Heu." Herr Blitz zupfte nervös an den abstehenden „Ohren" seiner eingefärbten Sturmabteilungshose. „Gaaanz laaangsaaam in Startposition gehen, Heu, und mein Kommando abwarten."

Alle im Kreis verfolgten fasziniert, wie ihr Klassenkamerad die geduckte Startstellung einnahm.

Gespannte Stille herrschte.

„Los!" fauchte der Lehrer und Spucke verließ seinen Mund, genau in das griesgrämige Gesicht der verletzten Kiss hinein. Aber die biß die Zähne schweigend zusammen. Wild schleuderte der gummihafte Schüler die Beine als ginge es um sein Leben. Fast gleichzeitig schoß der Hund wie von einer Kanone abgefeuert von seinem Platz auf. Er hatte nicht geschlafen, nicht einmal gedöst, sondern nur auf diesen Augenblick gewartet. Greif mußte mehr als die doppelte Strecke zurücklegen. Wer hatte seine Chance besser berechnet? Lehrer und Schüler waren aufgesprungen und beobachteten den Wettkampf der beiden ungleichen Gladiatoren. Noch wurden keine Sympathiezurufe laut, denn nur zu gerne hätten die Kinder den Hund angefeuert. Nun waren beide in die Anziehungskraft des Gebisses gekommen. Greif ruderte kreisförmig mir dem Schwanz um seinen Lauf wie mit einem Propeller abzubremsen. Seine Schnauze glitt über die Grashalme. Der Junge war etwas im Nachteil, denn er mußte sich noch bücken und durfte darum noch nicht langsamer werden. Mutig wagte er für die letzten Meter einen Hechtsprung und schlug hart auf den Boden auf. Jetzt ging ein Aufschrei durch die Klasse, denn beinahe wäre er auf den Hund gesprungen. Doch Sekundenbruchteile vorher war Greif mit dem Gebiß entwischt und trabte nun lässig davon.

„Oooh, du Hund!!!" brach es zornig aus dem Lehrer heraus und er schüttelte die Fäuste. „Heu, komm zurück. Du bekommst trotzdem eine EINS."

Eine heiße Debatte über den Wettlauf entbrannte unter den Kindern. Nur der Kantor behielt in stummem Zorn den Hund weiterhin fest im Auge. Nun stieß er einen ahnungsvollen Klageschrei aus. Greif lag im Grase und war gerade dabei seiner Beute wahrhaftig ein Leid anzutun. Laut erklang ein Knacken wie von einem zersplitterten Knochen. Voller Verzweiflung sprang Herr Blitz zum Fluß und sammelte Steine. Die aufgeweckten Sturmabteilungshaxen fest auf den verkrusteten Hochwasserschlamm des Ufers gestemmt, warf er sie trommelfeuerartig in Richtung Hund.

Plötzlich fiel Greif wie vom Blitz am Kopf getroffen zur Seite und streckte zuckend alle Viere von sich. Ein Raunen ging durch die Schüler und vorwurfsvolle Blicke hefteten sich auf den Lehrer. Dieser zog vorerst stolz seine Sturmabteilungshosen bis über den Bauchnabel hoch, daß sich deren „Ohren" triumphal aufpumpten; doch als er sah, daß sich das Tier nicht mehr bewegte, ließ er den Hosen entsetzt ihren nach unten wollenden Willen. Als Schlappohren hingen die Hosenbeulen gleich wieder beleidigt an den Oberschenkeln herab, als er sich bangen, von strengen Kinderaugen verfolgten Schrittes in Richtung Hund begab.

Hopp, da sprang der schon totgeglaubte Wettlaufsieger plötzlich wieder auf, wankte noch etwas benommen und trat dann mit unsicheren Bewegungen den Heimweg an, ohne sich auch nur einmal noch umzudrehen und auf das freudige Rufen seines Namens zu achten, den die Kinder ihm nachschrieen.

Tränen traten dem intelligenten Mann in die Augen, als er seine zertrümmerten Zähne in den zitternden Händen hielt, und keiner wußte, ob es Freudentränen waren, weil der Hund noch lebte oder Schmerzenstränen, die sein unbrauchbar gewordenes Gebiß beweinten. Doch egal, was es auch für ein Gefühlswasser war, das des Kantors Wimpern benetzte, Greifs Herrchen und der Bäckerjunge sahen sich vielsagend an. Sie waren Freunde und auch der Hund war ihr Freund, und sie hatten sich geschworen: alles Bösartige, das ihm angetan wurde, zu rächen.

Driti

Das kalte Vollmondlicht begrenzte scharf die schwarzen Schatten der Büsche und Bäume. Der leere Autobahnparkplatz war so erhellt, daß auf ihm ein nachtgewohntes Auge eine flitzende Maus erkannt hätte. Die Krone eines Schlehenbusches am Rande des Parkplatzes bewegte sich ab und zu zitternd. Doch dann war alles wieder wie gespenstisch erstarrt. Kein Lüftchen regte sich. Aber die Nacht war hier nicht still. Die Lichter der Autoscheinwerfer huschten vorbei und die Reifen der Wagen stampften regelmäßig über die zu breiten Abstände in der veralteten Betonpiste. Es klang, als führe ein Güterzug über schlechte Geleise. Ratamm - ratamm - ratamm . . .

Dort, wo der Schlehenbusch sich kurz zitternd bewegt hatte, erklang jetzt eine flüsternde Mädchenstimme. Sie wurde mit etwas viel Spucke gesprochen.

„Das Mondlicht ist garnicht gut, Driti. Man kann viel zu weit sehen."

„Ja", klang es ebenfalls leise und weiblich zurück. „Aber ich glaube, wenn man lange ins Scheinwerferlicht geblickt hat, ist man schon etwas geblendet und sieht nicht so gut wie wir."

„Kann sein", zischelte wieder die Speichelstimme. „Doch heute kommt bestimmt auch keiner. Du weißt ja, es soll ein großes Auto sein. Ein Mercedes oder so. Und der Fahrer muß alleine sein. Und der Wagen muß ein westberliner Kennzeichen haben, vorne ein großes B. Vergiß das später nicht. Nur dann ist zu neunundneunzig Prozent sicher, daß er im Transit fährt. Und von denen", spuckelte die Stimme weiter, „wird höchstens jeder tausendste kontrolliert. Das weiß ich aus sicherer Quelle, Driti."

„Wenns nur stimmt, Slu, und unser Wagen nicht gerade der tausendste ist", wisperte die andere sorgenvoll zurück.

Die beiden Mädchen kannten sich von klein auf und redeten sich deshalb nur mit Spitznamen an. So wurde die eine, mit dem kleinen Sprachfehler, kurz Slu genannt, weil, als man sie im Kindergarten nach ihrem Namen gefragt hatte, sie nur mit viel Spucke lallen konnte: Ina Slu - Slu - Sluster. Was Schuster heißen sollte. Und ihre Freundin, die mit Vornamen eigentlich Grit hieß, wurde von ihr damals schon mit noch mehr Spucke Driti gerufen. „Driti, willst du mein Freund sein?" hatte sie unentwegt gefragt. So waren ihre Spitznamen entstanden. Beide Mädchen waren gleichaltrig. Sie hatten gerade die Lehre beendet, Driti als sogenannter Schwachstromer und Slu als Büroangestellte. Sie waren beide in Leuna beschäftigt, im gleichen Bau 337. Driti machte Tag für Tag Wartung für allerlei Bleiakkumulatoren, bis hin zu den großen Elektrokarren, und mußte den ganzen Tag mit einer Gummischürze, Gummihandschuhen und einer Schutzbrille herumlaufen. Da hatte es Slu im Büro schon leichter.

Zwei hübsche Dinger: Leichtfüßig, modern gekleidet, etwas angemalt, die Haare beide noch löwenblonder nachgefärbt. Fast wie Zwillinge sahen sie aus.Viel zu schade kamen sie sich vor, um in Leuna zu versauern. Erst nach Feierabend begann ihr Leben so richtig. Schon im Zug. Jeder kannte sie und sie kannten jeden. Jung und alt schäkerte mit ihnen und sie kokettierten zurück.

Der Schlehenbusch zitterte jetzt wieder leicht. Driti hatte es sich unter dem dichten Gestrüpp etwas bequemer gemacht. Die Füße ausgestreckt stützte sie sich auf die Unterarme. Sie konnte ihre Freundin nur noch schattenhaft erkennen, so dunkel war es jetzt. Der Mond war verschwunden. Sie schimpfte leise: „Mir waren schon die Füße eingeschlafen von der blöden Hockerei."

„Das macht mir nichts aus." Nuschelte Slu und richtete etwas lauter einige Testfragen an ihre Freundin.

„Hast du auch wirklich alles dabei? Ausweis?"

„Ja."

„Geld?"

„Ja."

„Taschenlampe?"

„Ja doch!" erwiderte Driti jetzt ungeduldig und etwas heftiger. „Ich packe die Tasche nie aus, da ist immer alles drin."

„Nun sei doch nicht gleich so bumsig!" pflaumte Slu ebenfalls zurück. Sie waren lauter geworden. „Bumsig?" Lachte Triti. „Das heißt koitierig, du Schlampe. Du spinnst ja. Trotzdem wäre es jetzt schöner, als hier so doof herumzusitzen. Und außerdem willst du mich immer nur vergackeiern, du Tippse!"

Doch Slu stieß ihr versöhnlich den Ellenbogen in die Seite. „Gummibrille! - -Wollen wir abhauen oder nicht? Dann können wir ja . . ."

„Pssst - - da kommt einer", unterbrach jetzt Driti aufgeregt.

Ein großer PKW war schnell auf den Parkplatz gefahren und hatte quietschend gebremst. Ein Mann stieg eilig aus und rannte die Böschung hinunter.

Slu sprang auf. „Du, der ist allein. Ein großer Wagen. Westberliner. Der muß mal. - - Jetzt oder nie! Los komm!"

Für einen Moment waren die zwei Mädchen wie gelämt. Es war die Angst vor der plötzlichen Tatsache. Doch dann rannten sie hektisch los. „Hast du die Spezialschlüssel?" fauchte Slu.

„Wart", zitterte Dritis Stimme atemlos hervor, „vielleicht ist der Kofferraum auf."

Sie hatten den Wagen erreicht. Slu griff zum Kofferraumschloß. Es sprang auf.

„Da, nimm den Koffer und schaff ihn ins Versteck." Mit einem federnden Schritt war Slu im Kofferraum. Driti rannte mit dem schweren Koffer los.

„Driti ! - - Driti !" zischte Slu ihr nach. Driti ließ den Koffer stehen und kam zurückgerannt. Sie waren beide aufgeregt und nervös wie gehetzte Tiere. Slu beugte sich zum Kofferraum heraus und streckte ihrer Freundin die Hände entgegen. „Machs gut, Driti." Es klang, als hätte sie auf einmal keine Spucke mehr im Mund. Ganz fremd, so klar und deutlich. „Und komm bald nach."

Driti stand eine Weile wie erstarrt. Sie schluckte hart und geräuschvoll. Es verkrampfte sich etwas in ihrem Hals. Tränen schossen ihr in die Augen als sie die Hände der Freundin ergriff.

„Machs besser - - und viel Glück", würgte sie unter Tränen hervor. „Ich sehe dich nicht mehr, die Tränen."

Doch Slu raunte gefaßt: „Hau ab, bevor der kommt. Versteck seinen Koffer. Mach den Kofferraumdeckel zu. Los!"

Driti verwischte mit dem Zeigefingerknöchel ihre Tränen. Sie erschrak vor der Wirklichkeit, reichte der Freundin zum letztenmale die Hand und schloß zögernd den Kofferraum. Für einen Moment wurde ihr noch elender. Sie mußte sich am Auto festhalten, so weich wurden ihr die Knie. Slu war ganz einfach weg, war auf einmal nicht mehr da. So, als wäre sie nie dagewesen. Dann rannte Driti zu dem Koffer und schleppte ihn stöhnend in das Versteck. Ihre Beine zitterten plötzlich. Sie mußte sich auf den Koffer setzen. Außer Atem starrte sie zu dem Wagen, der gespenstisch im Mondlicht alleine auf dem Autobahnparkplatz stand. Wieder füllten sich ihre Augen mit Tränen, so daß sie den zurückkommenden Mann garnicht mehr sah. Nur die roten Rücklichter sah sie verschwommen. Ganz groß, ganz riesig. Dann ein aufheulender Motor und die Lichter wurden kleiner und kleiner und entfernten sich.

Alles war auf einmal dunkel, selbst der Mond. Driti schloß die Augen und drückte die Tränen heraus. Jetzt rannen sie ihr unaufhörlich heiß und salzig in die Mundwinkel. Sie fing sie mit der Zungenspitze auf.

Ganz zerbrechlich und sachte, wie mit einem hingehauchten Pinselstrich süßlich dünnem Rot, zeigte sich der kommende, noch verschwommene Morgen am Horizont der weiten LPG-Getreidefelder. Dünne Nebelschwaden standen wie wartend in der weiten Talsenke. Driti saß noch immer auf dem Koffer: starr, wie versteinert. Ihren Blick heftete sie in die fernste Ferne, hin zu dem ganz dünnen, süßlichen Rot.

Erneut kamen ihr die Tränen. Doch jetzt wischte sie sie ärgerlich mit den Fingerspitzen fort. Sie nahm den schweren Koffer des Autobesitzers und versteckte ihn ganz weit hinten im Gebüsch. Als sie aus dem Versteck trat, waren ihre blonden Haare zerzaust. Das blasse Gesicht war von Dornen zerkratzt. Der rechte Ärmel des Parkas hatte einen Dreiangel. Driti ging langsam und mit gesenktem Kopf über den leeren Parkplatz, hin zur anschließenden Autobahnbrücke. Sie ging nicht drüber, sondern stieg die Böschung hinab in den Wiesengrund zum schwarzen Bach, über den sich die Brücke spannte. Es interessierte sie nicht, daß sie oftmals ausrutschte und nach hinten hinfiel. Sie spürte es kaum und behielt sogar ihre Hände in den Jackentaschen. Ihre Handtasche war von der Schulter gerutscht zum Handgelenk hin und schlug bei jedem Schritt am Boden auf. Sie ließ sie dort hängen und behielt weiterhin die Hände in den Taschen. Ganz fest drückte sie ihrer Freundin die Daumen. Jetzt müßte Slu an der Grenze sein, dachte sie. Von einem braunen Haufen schwirrten schon viele buntschillernde Fliegen auf. Aha, dachte sie nur, Mahlzeit!

Am Fuße der Brücke angekommen stand sie am schwarzen Bach. Hell spielte dennoch irgendwo die Strömung, die über einen hängengebliebenen Ast sprudelte. Der schwarze Bach roch eigenartig, ganz unverkennbar nach Heimat. Tauperlen an den kunstvollen Spinnenweben. Die Erlen schwebten noch über dem Dunst der Nacht, und plötzlich war es hell, als hätte jemand das Licht angeknipst. Ja, sie waren auf einmal wieder da: die Bewegung, der Lärm, das Leben, die schöne oder ekelige Wirklichkeit. Iiiiiii - - Iiiiiii, schrie schon der Raubvogel, hoch über dem schläfrigen Dunst kreisend. Driti setzte sich ins feuchte Gras am schwarzen Bach und beobachtete lange und gedankenverloren des Vogels Flug. Jetzt müßte Slu schon über der Grenze sein, war ihr einziger Gedanke. Sie zog die Beine ganz fest an den Körper und legte die Arme über die Knie. Verstohlen schaute sie auf die Uhr und folgte gleich wieder mit den Blicken dem großen Vogel. Höchstens eine Stunde mit dem Auto, hatte Slu immer gesagt. Wieder glitzerten Tränen in ihren Augen. Geräuschvoll zog sie die Nase hoch. Nun ließ sie den Vogel aus den Augen und warf gelangweilt einige Grashalme in den Bach. Was doch das Gemüt des Menschen für gewaltige Sprünge machen muß. Jetzt ist es hier und gleich darauf ist es tausend Kilometer fort. Der Bach war immer schwarz, so wie der Tod. Kein Fischlein, kein Wurm, kein Floh - immer nur schwarz und tot. Nur außerhalb des Baches war Leben. Noch glänzten die Tautropfen silbern, doch bald, wenn die Sonne hinter den Dunstschleiern erscheinen wird, werden sie in allen Farben wie Edelsteine funkeln. Nur kurz war Dritis Gedankenpause, dann mußte sie wieder an ihre Feundin denken. Sie konnte einfach noch nicht für längere Zeit abschalten. Ob alles geklappt hat? Sicherlich ist alles gut gegangen und Slu ist schon lange über der Grenze. Immer diese gleichen Gedanken.

Man muß es spüren und merken, wenn der Wagen die Grenze passiert hat, es geht ohne Stau weiter. Ja nicht schon vorher aus dem Kofferraum aussteigen, hatte Slu immer so oft gesagt. Und sobald er im Westen eine Rast macht, raus aus dem Kofferraum und fort. Versuchen per Anhalter nach München zu kommen. Du hast die Adresse meiner Verwandten doch noch im Kopf? Mit unserem bißchen Westgeld müssen wir sparsam sein.

In München wollten sie sich wieder treffen. Driti hatte die Adresse fest im Kopf. Nun spürte sie langsam die Müdigkeit, doch als ihre erhitzten Gedanken gerade abschalten wollten, bekamen sie plötzlich vom Herzen einen stechenden Impuls: Was soll ich sagen, wenn man mich nach Slu fragt? Sie werden bestimmt fragen, was ich weiß. Ihre Eltern und vielleicht auch die Polizei. Soll ich einfach sagen, ich weiß nicht, wo sie ist? Aber so dumm sind die ja auch nicht. Wo wir doch immer zusammen waren. Dennoch, ich sage einfach, ich weiß nicht, wo sie ist. Sollen sie mir doch das Gegenteil beweisen.

Hastig kramte sie einen Spiegel aus ihrer Handtasche und betrachtete ihr Gesicht darin. „Scheiße!", platzte es ärgerlich aus ihr heraus, als sie die zwei roten Kratzer auf ihrer Stirn sah. Driti strich ihr Haar etwas drüber. Entschlossen stand sie auf und trat nachdenklich und müde den Heimweg am schwarzen Bach entlang an. Es war Sonntag. Ein Sonntag, den sie seit unendlich langer Zeit ohne ihre Freundin verbringen mußte. Immer wenn ihr die Tränen wieder in die Augen quollen, blieb sie wie blind stehen und wischte sie fort. Sie hielt es nicht lange zu Hause aus. Immer wieder ging sie spazieren und immer wieder gedankenversunken am schwarzen Bach entlang.

Plötzlich pochte es laut beim Abendbrot an der Stubentüre. Driti ahnte schon, wer da kommen mag und ihr Herz schien ihr auf einmal in die Hose gerutscht zu sein. Gleich darauf platzte der Besuch herein. Slus Eltern. „Abend", grüßten beide kurz und unhöflich. „Wir wollten nur fragen, ob Ina bei euch ist?" meinte Slus Mutter mit zitternder Stimme, als sie ihre Tochter nicht in der Runde erblickte. Ihr Mann, der die dünnen Beine eines unheimlichen Trinkers hatte, sagte nur tonlos: „Sie wird sich halt mit einem Freund in der Stadt herumtreiben, stimmts Grit? Das kannst du uns ruhig verraten." Er kam nicht mehr groß zu Wort, nur die aufglühenden, fleischigen Schimpansenohren spiegelten seine Erregung wieder, denn Slus Mutter war hier tonangebend. „Du alter Gaggarsch, du! Ich kann mir schon denken, wo sie ist." „Wenn sie überhaupt etwas zu essen hat." „Ißt! Wo sie ist! Du viermotorige Steppenwildsau!"

Driti erledigte ihre Arbeit immer gewissenhaft, schnell und korrekt und stand so ihren männlichen Kollegen in nichts nach. Sie hatte nach der Frühstückspause ihre Gummischutzkleidung mit Gummibrille gerade wieder angetan, als ihr der Meister zurief: „Gummibrille! Du sollst dann mal ins Büro kommen. Du hast vornehmen Besuch", fügte er noch grinsend hinzu. Man nannte Driti in der Abteilung nur „Gummibrille", weil sie sicherheitsbewußter als ihre Kollegen nie ohne Schutzbrille arbeitete. Ihr Augenlicht war ihr heilig. Driti fluchte leise ärgerlich und zog das Gummizeug wieder aus. Als sie das abgedunkelte Büro betrat, war ihr spontaner Gedanke: Drei Glühwürmchen. Zum Schutz vor den Gaffern hatte man die Vorhänge zugezogen. Plumps! da war Dritis Herz sofort wieder da, wo es an dem Abend war, als Slus Eltern in der Stube standen, nämlich ganz tief unten in der Hose. Irgendwie hatte sie sofort die Ahnung des Unguten, so wie ein Tier die Witterung von Gefahr wahrnimmt. „Taach!", grüßte sie dennoch wie gelangweilt. Drei Männer von mittlerem Alter fläzten im Büro herum und zogen gierig an ihren West-Filterzigaretten. Jenes der drei rüpelhaften „Glühwürmchen", das auf einer Backe sitzend zum Rauchen einen Fetzen Knackwurst im Naturdarm ohne Brot verschlang und dabei krachende Verdauungswinde über den Schreibtisch streichen ließ, knipste die Schreibtischlampe an und funzelte damit Driti herausfordernd ins Gesicht. „Sie sin das Fräulein Waachner, nichwahr"? „Nee, Wagner", antwortete Driti patzig. Jetzt bemühte sich der Schreibtischtrompeter deutscher zu sprechen. „Also, Fräulein Wagner, um gleich mit der Tür ins Haus zu fallen", er zog gierig an seiner Westzigarette,"was wissen Sie über den Aufenthalt ihrer Freundin, Fräulein Schuster?" „Garnischt", antwortete Driti kurz und bündig. Du ordinärer „Trompeter", dachte sie nur. Da sprang plötzlich einer der beiden Stuhlfläzer, der eine sonnenvergrillte Braunkohlehaut hatte, empor und wurde gleich laut: „Das können Sie uns doch nicht erzählen!" „Sachte, sachte", mischte sich sogleich der Dritte wie ein Ehrlicher ein. „Wir wissen, daß ihr so gut wie unzertrennlich seid", schmalzte er. „Sie müssen also etwas wissen." „Nischt weeß ich, garnischt!" „Hat das Fräulein Schuster Ihnen gegenüber einmal erwähnt, daß sie ihren Arbeitsplatz wechseln will? Sie wissen schon, was ich meine." „Garnischt hat sie gesagt. Ich mache mir ja selber Sorgen um sie." „So sorgenvoll sehen Sie aber überhaupt nicht aus!" Der Braunkohlefläz war ganz nahe an sie herangetreten, so daß Driti seine Westzigarettenfahne roch. Seine Finger verkrallten sich absichtlich etwas unter der femininen Broschenlinie, so daß er das Weiche ihrer Brüste fühlen konnte. „Lügen Sie uns nicht a . . . !" Zack, da war Dritis Herz wieder am rechten Fleck, denn weiter kam er nicht. Sie hatte ihm eine schallende Ohrfeige verpaßt. Die Westzigarette hatte sofort den Mundwinkel verlassen, war ihm vorne in das weit offene Hemd gerutscht und wollte sich nun zündelnd durch das teure, weiße Nylon wieder an die frische Luft durchgokeln. Der braunkohlige Grabscher konnte nun nicht mehr frohen Herzens genießen und vollführte sofort einen heißen Bauchtanz, bei dem er sogar die Hosen runterlassen mußte. Seine beiden Kollegen konnten nicht anders, sie mußten laut loslachen und einer sang dazu: „Ich hab mir in Leuna die Pfeife verbrannt, alles fürs Vaterland."

Driti benutzte das Durcheinander, um schleunigst das Büro zu verlassen.

Der Mond war immer noch groß und hell, aber nicht mehr so rund. Doch heute schlichen viele dünne Wolken über den Himmel, so daß sich die Nacht hin und wieder etwas verdunkelte. Starker Wind kam ab und zu auf und rüttelte rauschend am Busch. Driti saß auf einem zur Polsterung gerupften Grasbüschel, die Beine fest an die Brust gezogen und das Kinn auf die Kniescheiben gelegt. Ein starker Baum gab ihrem Rücken Halt. Ihr Gepäck war mittlerweile immer leichter geworden. Vier Unterhosen hatte sie übereinandergezogen und in ihrer Handtasche befanden sich nur Papiere, Geld, Taschenlampe und eine halbe Rolle Klopapier - harte, griffige VEB-Ware. Slu würde ihr ja sofort helfen, wenn sie drüben war. Der dichte Busch lag so nahe am Autobahnparkplatz, daß man die Autokennzeichen mühelos lesen konnte. Der kleine Parkplatz war leer, wie fast immer. Driti gingen noch einmal Slus Anweisungen durch den Kopf, so als säße sie neben ihr und fragte sie nervös mit nasser Stimme aus, ob sie sich auch alles gemerkt hätte. Sie mußte intensiv an Slu denken. Was sie wohl jetzt machte, dort alleine in der einsamen Ferne? Oder hatte sie schon Freunde? Seit Slu nicht mehr da war, hatte sie keine rechte Traute mehr, so als würde ein Stein, den sie gemeinsam den Berg hochgerollt hatten, ihr jetzt alleine zu schwer werden und wieder unaufhaltsam zurückrollen. Noch stemmte sie sich dagegen an.

Gerade als sich der Mond wieder etwas verdunkelte, fuhr ein Auto schnell auf den Parkplatz und hielt in Fahrtrichtung an. Westberliner Kennzeichen! Der Fahrer stieg aus, schloß die Tür ab und entfernte sich in die Dunkelheit. Den Motor und das Licht hatte er an gelassen. Driti hatte sich erhoben und war auf dem Sprung. Plötzlich raste ein zweiter Wagen mit aufgeblendeten Lichtern heran und bremste hart schräg vor dem ersten. Dritti verharrte still in ihrem Versteck. Die drei Gestalten, die ausstiegen, zündeten sich sofort Zigaretten an. Driti mußte gleich an die drei „Glühwürmchen" vom Meisterbüro denken. „Hallo Sie!? Wo wolln Se denn hin?!" rief eine der drei Gestalten dem sich entfernenden Westberliner nach. „Gomm Se maa her! Zeichen Se maa de Papiere!" Drei Taschenlampen funzelten wild umher. Driti hatte mit Schreck die Stimme des „Trompeters vom Meisterbüroschreibtisch" erkannt. Ihr Herz rutschte schon wieder in die Hose, wo es sich bei Gefahren am liebsten versteckte. Ab jetzt reagierte ihr Körper nur noch automatisch. Sie duckte sich und schlich auf Knien hin zum Weizenfeld, das gleich an den Parkplatz grenzte. Nun lief sie langsam und leise in das riesige Feld hinein. Als die Autobahn außer Sichtweite war, begann sie zu rennen, immer weiter in das Getreide hinein. Irgendwann ließ sie sich erschöpft auf den Rücken fallen und starrte keuchend zum Mond empor. Ganz langsam kroch ihr Herz wieder stolpernd an seinen rechtmäßigen Platz zurück. „Das schaff ich nicht alleine ohne Slu. Das schaff ich nie alleine", flüsterte sie. DAS MUSST DU AUCH NICHT. Flüsterte es ebenso leise zurück. Driti erschrak. Das Weizenfeld begann ganz sachte zu rauschen und die Ähren direkt über ihr rasselten mit knisternder Stimme: WIR SIND BEI DIR. WIR VIELEN MILLIONEN SIND BEI DIR. WIR SIND IMMER HIER. WIR BLEIBEN HIER. DIE SPERLINGE BLEIBEN HIER. DIE HAMSTER BLEIBEN HIER. UND WIR BLEIBEN HIER. WIR BLEIBEN HIER, WIR BLEIBEN HIER. . .

Der Mond grinste herab. WIR BLEIBEN HIER, WIR BLEIBEN HIER. . . Äffte er nach. SCHAU DIE WOLKEN. ÜBER ALLE GRENZEN. SCHAU MICH AN. ICH BIN ÜBERALL. „Geht nur", flüsterte Driti. „Ich bleibe hier. Ich bleibe hier. . ." Das

Weizenfeld rauschte gleich einem riesengroßen Orchester. Driti schloß die Augen und schlief sofort ein.

Driti erwachte aus einem süßen Traum. Der nahende Morgen war frisch und wolkenlos. Die Sonne ging gerade orangenfarben auf. Driti stand auf und wußte sofort wo sie war. Vorsichtig die Ähren auseinanderteilend lief sie los. Da war gleich die Sandgrube. Jubelnd badete schon eine Spatzenschar im Sand. Dann ging es einen Abhang mit Apfelbäumen hinunter zum schwarzen Bach. Sie setzte sich in die Gräser am Ufer, die hier immer ein frisches Grün hatten. Driti sog mit geschlossenem Mund den eigenartigen Geruch des schwarzen Baches ein. „Ich bleibe hier", sagte sie leise zu ihm. „Ich bleibe hier."

Das Mädchen

Mit geübtem Handgriff zwickte sie mit der Scherenspitze das Garn ab, zog es etwas länger aus dem Schiffchen und durch die Nadel; dann legte sie das Kleid zur Seite und deckte die Nähmaschine zu. Immer an diesen Wintertagen, sobald es etwas dämmerte, machte sie früh Schluß mit der Näherei. Sie war die einzige Schneiderin auf dem kleinen Dorfe, nähte gut und billig, doch nicht mehr allzuviel, denn sie war schon lange Rentnerin und tat es hauptsächlich bloß noch, um sich die Langeweile zu vertreiben, die sie nun öfters heimsuchen wollte, seitdem der Mann gestorben war; natürlich auch wegen dem bißchen Geld, das sie zu der schmalen Rente doch noch gut gebrauchen konnte.

Als sie nun die alte Nähmaschine abgedeckt hatte, blieb sie noch eine Weile still sitzen und schaute gedankenverloren zum Fenster hinaus. Draußen fiel der erste Schnee, der sich dämpfend mit angenehmer Ruhe über das Dorf legte. Den Kopf etwas schräg in die gekrümmte Handfläche gestützt, sah sie dem wimmelnden Treiben der Schneeflocken zu, die immer höher an dem schmalen Fenstersims heraufkrochen und bereits die Scheiben halbrund bedeckten. Ihre Gedanken kehrten nun nicht mehr so ganz weit zurück, bis in die Jugendzeit, wie es kurz nach dem Tode des Mannes immer geschehen war, sondern weilten mit Sorge mehr in der Gegenwart und Zukunft - bei dem Mädchen und dem Jungen. Ihr Junge war ein spätes Kind; und, Junge, so hatte sie ihr einziges Kind nur noch genannt, seit es dem Lausbubenalter entsprungen war. Jetzt war er schon einige Zeit weit weg, gleich über der Grenze, aber in einem nicht leicht erreichbaren Land. Eigentlich war der Junge doch garnicht abenteuerlich veranlagt, dachte die Mutter, eher das, was man ein Muttersöhnchen nennen mochte, hatte sich meistens in der

Stube herumgedruckst, war etwas eigensinnig, verschlossen und mit zunehmendem Alter ein Einzelgänger geworden. Deshalb machte sie sich auch innige Sorgen um ihn und hatte Angst, daß er sich dort in der Fremde nicht so recht durchsetzen kann. Sie merkte es auch an seinen Briefen, las es förmlich zwischen den Zeilen; erkannte sein Heimweh, das er nach langer Zeit immernoch hatte. Nie schrieb er viel über sich und schon garnichts über seine Arbeit. Sie fand auch nie etwas Enthusiasmus, schaffenswilligen Frohsinn oder einen Entschluß auf Zukunftspläne in seinen Worten.

Mädchen, so sagte sie immernoch zu seiner Jugendfreundin, seiner größten Liebe, wie er sie in seinen Briefen immer nannte. Sie schrieben sich bis heute noch zärtliche Liebesbriefe, die Zwei, und ihre Liebe schien ungebrochen. Auch das Mädchen liebte ihn so sehr, daß sie von dem Gedanken, zu ihm zu fliehen, schon ganz besessen zu sein schien, was auch immer ihr liebster Gesprächsstoff war, wenn ihr wöchentlicher Besuch sie zur Mutter führte. Die Mutter empfing sie jedesmal frohen Herzens, war sie doch nun der einzige Mensch geblieben, dem sie noch ihre ganze Liebe und Zuneigung geben konnte. Manchmal stimmte es sie bange, daß das Mädchen unbedingt zu ihrem Jungen wollte, doch dann sprach sie ihr auch wieder Mut zu, weil sie so gerne die beiden glücklich und vereint gesehen hätte.

Nun nahm die Mutter etwas ruckartig den Kopf aus der Handfläche, schnalzte kurz ärgerlich mit der Zunge und sprach zu sich leise mit einem Selbstvorwurf: „Jeses, der Broiler!" Rasch eilte sie zu dem alten Kohleherd, öffnete den Backofen und drehte stochernd mit einer Gabel das unten etwas angebackene Brathähnchen auf die andere Seite. „Gott sei Dank", murmelte sie dabei. Sie erwartete das Mädchen und bereitete wie immer etwas Feines und Üppiges zum Abendessen.

Bald klopfte es leise zaghaft, und erst nachdem das laute Herein! erklungen war, öffnete sich die Türe langsam, ganz schüchtern. Das Mädchen trat ein und wie immer empfing die Mutter es gleich mit einem besorgten Vorwurf.. Wieder schnalzte sie leise mit der Zunge vorher: „Menschenskind, Mädchen! Bei der Kälte so leicht angezogen. Du holst dir doch den Hund."

„Ach, Mutter", antwortete sie, „ich bin doch noch jung."

Das Mädchen war ein hübsches Ding. Ordentlich fiel ihr langes, glattbraunes Haar von dem feingezogenen Mittelscheitel herab. Sogar der seitlich verkantete Schneidezahn, über den sich beim Lachen immer zaghaft genant die Oberlippe hochzog, stand ihr wie angepaßt zu dem gutmütigen Geigenkastengesicht. Ihre Augen waren unergründlich dunkel, dunkel wie die Nacht.

Die Mutter holte nun das fertige Brathähnchen aus der Röhre, teilte es, indem sie ihr Stück etwas kleiner zumaß, in zwei Hälften und deckte den Tisch. Beide aßen anfangs schweigend. Da legte das Mädchen entschlossen einen Knochen auf den extra Teller und begann mit fester Stimme, die eigentlich noch fester klingen sollte, das Schweigen zu brechen. „Nächste Woche hau ich ab, Mutter. Ich hab einen Plan. Einen dreihundertprozentigen Plan."

Die Mutter hatte ihren Bissen hart hinuntergeschluckt. „Ach Mädchen, mußt du denn mit Gewalt das Schicksal herausfordern? Vielleicht soll alles so gut sein, wie es jetzt ist. Jeses, wenn dir etwas passiert."

Doch das Mädchen antwortete entschlossen: „Nein Mutter, mich mit meinem Schicksal abzufinden, das war bis jetzt mein Leben."

Länger als sonst blieb sie diesmal da und es schien, als wolle die Mutter sie garnicht mehr fortlassen, als wolle sie sie für immer bei sich behalten.

Lange und stumm, die verarbeiteten Hände aufeinandergelegt, saß die Mutter vor der leeren Nähmaschine und starrte durch das Fenster auf den grauen Tag. Ein kurzes, schmerzliches Lächeln huschte über ihr faltiges Gesicht und biß sich für einen Moment in ihren geröteten, leblosen Augen fest, als sie an den Tag des ersten Schneefalls dachte. Es war der Tag, als zum letzten Mal das Mädchen bei ihr zu Besuch war. Wie entschlossen, wie froh und glücklich es doch damals war. Für einen Augenblick glaubte sie, das hübsche Gesicht des Mädchens in der Scheibe zu sehen; ihr Lächeln mit dem verkanteten Schneidezahn, den nur zaghaft die Oberlippe freigab.

Die Mutter erschrak und schnalzte ärgerlich mit der Zungenspitze. Schon wieder quollen ihr warme Tränen aus den Augen. Die Glocken der nahen Kirche dröhnten schon eine Weile und sie hörte sie nicht. Erst jetzt, durch ein helles Pferdegetrappel auf dem Straßenpflaster kam sie wie aus weiter Ferne zu sich und beugte sich etwas vor zum Fenster. „Ja", erklang ihr ihre eigene Stimme leise und fremd. Wie unter einer schweren Last stand sie auf und ging aus dem Haus, hinaus auf den Hof in den hohen Schneematsch. Es war Tauwetter. Wie erstarrt blieb sie noch einen Augenblick unentschlossen stehen und sah auf die vorbeikeuchende, schwarzgekleidete Menschenmenge. Haßerfüllte und mitleidlose Blicke funkelten zu ihr herüber. Dann ging sie langsam, mit zitternden Schritten dem schwarzen Zug nach. Unscheinbar klein kam sie sich vor - - einsam und verlassen.

Er im Strom

Er stand schon eine Weile am Ufer und starrte in die trüben, leise gurgelnden Fluten hinein. Immerwährend quollen die Wassermassen aus dem Grunde empor und glätteten sich gleich wieder, so, als ob es kein Wässerchen trüben könnte, das Wasser: so kühl, so gleichgültig, so abweisend. Es herrschte ringsum eine fast angriffslustige Stille. Am Ufer war es ganz seicht und niederes Schilfgras führte zum breiten Strom hinaus. Draußen wadete der Nebel. Der Pegel war etwas gestiegen. Er kannte die Stelle wie seine eigene Westentasche und hätte auch jetzt in dem dusteren Zwielicht jede Veränderung in der Nähe sofort erkannt, sogar, wenn auch nur der kleinste Ast in den Büschen gefehlt hätte. Das konnte, das durfte hier einfach nicht sein. Bis zum richtigen Morgengrauen war es noch lange hin. Er hatte in den letzten Tagen den Sonnenaufgang genau beobachtet. Immernoch stand er abwartend und lauernd am Ufer. Sein Herz schlug mal langsamer, dann wieder schneller, ganz im Einklang mit seinen Gedanken und Gefühlen. Mal freudig schnell, mal ängstlich schneller, mal fürchterlich rasend. Dann wieder ruhig mit einem Egalgefühl; ganz ruhig bei kühler Überlegung und lauschend und spähend. Dann zog er sich entschlossen aus und legte die Sachen direkt vor sich hin. Er öffnete einen großen Sportbeutel, zog einen Gummianzug heraus und schlüpfte hinein. Ärgerlich zupfte er an dem klemmenden Reißverschluß. Er wollte keine Zeit mehr verlieren. Zeit? Was ist Zeit? Sie verringert oder verlängert dein Leben, das ist Zeit. Sonst ist sie nichts, für niemanden ist sie weder mehr noch weniger. Langsam, ganz langsam, riet ihm sein Herz. Es schien fast stillzustehen. Jetzt noch die zwei Fahrradschläuche aufpumpen und um den Leib wickeln. Alles klappte wie am Schnürchen. Er hatte dafür lange geübt. Seine ausgezogenen Sachen stopfte er mit der Luftpumpe in den Beutel und versteckte ihn in dem dichten Weidengestrüpp direkt am Ufer. Eine Weile stand er noch unentschlossen vor dem in der Strömung sich wiegenden Schilf. Nun war es soweit. Immernoch zögernd riß er einige Weidenblätter von dem Gebüsch und stopfte sie in die Brusttasche des Gummianzuges, die ebenfalls mit einem Reißverschluß versehen war. Er fühlte die in einem Plastikbeutel fest eingerollten Geldscheine in der Tasche. Noch einmal sprach er sich lautlos Mut zu: Fort will ich! Weg will ich! Raus will ich! Und los. Er schritt entschlossen in das viel zu laut in der Stille aufplätschernde Wasser. Er hielt ärgerlich inne und wartete auf einen auffliegenden Wasservogel. Totenstille. Sein Herz hämmerte jetzt etwas härter. Mit einem Lächeln auf den Lippen stieß er den angehaltenen Atem wieder aus. Erneut watete er vorwärts. Leise, leise und nochmals leise, davon hing das ganze Gelingen seines Unternehmens ab. Und Glück würde er brauchen, sehr viel Glück. Noch dachte er nicht weiter, denn der Vormarsch ins kühle Wasser der Nacht beschäftigte alle seine Sinne. Nur nicht zu viel denken. Der Gummianzug isolierte gut, noch ließ er die Temperatur des Wassers nicht durch. Er verlangsamte seinen Schritt noch mehr, denn lange Schlingpflanzen wanden sich um seine Beine. Als ihm das Wasser bis zur Brust reichte, begann er zu schwimmen: Lange, ruhige Bruststöße, die er in Gedanken vorerst mitzählte. Bei vierzig hielt er inne und rollte sich auf den Rücken. Die Fahrradschläuche trugen fantastisch. Er hätte auf dem Wasser Zeitung lesen können. Jetzt, wo er ruhig auf dem Rücken lag und nur wie ein Frosch mit den Beinen strampelte, hatte er wieder Sinn für Gedanken, und sie brachten Angst und Zweifel zurück. Es stieg immer mehr dichter Dunst auf. Um ihn war Dusterheit und Wasser. Lautlose, nur ab und zu gefährlich leise gurgelnde Wassermassen. Ihn schauderte und er fühlte eine Gänsehaut unter dem Gummianzug. Jetzt erst drang langsam die Kühle des Wassers auf seine Haut durch. Den Anzug hatte er dennoch prima gemacht. Selbstgemacht! Lange hatte er daran gearbeitet. Nirgendwo hatte er einen Taucheranzug auftreiben können. Sogar in Geschäften in der Großstadt war er gewesen. Nichts. Da war ihm die Idee gekommen, selber einen aus lauter Bettflaschen zusammenzubasteln. Lange hatte er dazu gebraucht, sehr lange, doch er war gut geworden, sehr gut, paßte wie angegossen. Jetzt fühlte er sich schon wohler im Wasser. Fast wie ein Frosch. Er mußte immer an einen Frosch denken. Die Angst vor dem finsterem Strom und der unheilvollen Stille verschwand langsam, aber irgendeine wahrnehmbare Furcht im Hinterkopf blieb. Wenigstens schlug sein Herz jetzt wieder normal. Er schloß für eine Moment die Augen und erschrak. Da war seine Freundin beim Ernteeinsatz gewesen und er hatte eine Kartoffel nach ihr geworfen. Wie damals, als sie sich kennengelernt hatten. Ruhig, ruhig, keine Panik, sagte er in Gedanken zu sich. Du bist hier mit den Fahrradschläuchen. Du kannst nicht absaufen mit den Fahrradschläuchen hier im Wasser, wie ein kleiner Gaggarsch. Ja, wie einer aus Nietleben kam er sich plötzlich vor. Ha! Nietleben! Morgen würde er lachen. Alle auslachen. Vonwegen Nietleben!

Ein lautes Platschen riß ihm sämtliche Gedanken aus dem Kopf. Was war das? ein Fisch? ein Wasservogel? ein Paddel? Oder war da schon die Grenze? Ruhig, immer ruhig. Er streckte den Oberkörper etwas weiter aus dem Wasser, holte aus der Reißverschlußtasche ein Weidenblatt und legte es auf das Wasser. Nach rechts lief also die Strömung. Jäh wälzte er sich von der Rückenlage in die Brustschwimmerposition und machte langsame Froschbewegungen. Auf einmal war da ein leichtes Kribbeln am rechten großen Zeh. Als ob eine Elfe ein blaues Glockenblümlein läutet, so ganz zärtlich. Jetzt faßte etwas zu, so wie ein Kinderhändchen. Dann war es schon wie eine Frauenhand um das Fußgelenk. Nun eine starke Männerhand, und plötzlich wie die Pranke eines Silberrückengorillas: eisern, unbarmherzig, schmerzend. So fest, daß der Schmerz vom Knöchel bis zur Wade reichte. Kein Rucken, nur Festhalten. Die Strömung drückte ihm gegen den Hinterkopf, wo sich eine Bugwelle bildete. Er konnte nur noch hastig

Luft holen, dann ging sein Kopf unter. Er erkannte das Gesicht seiner Freundin unter lauter Kartoffeln, zentnerweise Kartoffeln. Das graue Licht erlosch - - - .

Seine Seele begann im Unterleib herumzuflattern und war plötzlich weg, weg, wie das Würstl vom Kraute. Drei faustgroße Blasen stiegen auf und zerplatzten fast lautlos an der Wasseroberfläche. PITSCH - - PITSCH - - PITSCH. Es waren seine letzten unter Wasser hervorgepreßten Flüche: Fort will ich! Weg will ich! Raus will ich! Die letzte Blase hatte beim Zerspringen ein früh fliegendes Mücklein benetzt und rücklinks auf die Fluten geworfen. Wie festgeleimt strampelte es vergeblich mit den winzigen Beinchen und wurde schnell von der Strömung mitgerissen. Ein Fischlein schnappte danach. Wieder fast lautlos leise. BLUBB. Zwei unbedeutend erscheinende Leben waren ausgelöscht. Schnell, kurz, in nur einem Augenblick von Kampf und Schmerz, ganz leise. PITSCH - - BLUBB. Der Strom zog kühl und massig weiter, so als wäre nie etwas gewesen. Alles ringsum blieb still, verdammt still . . .

Ende

Jugenderinnerungen

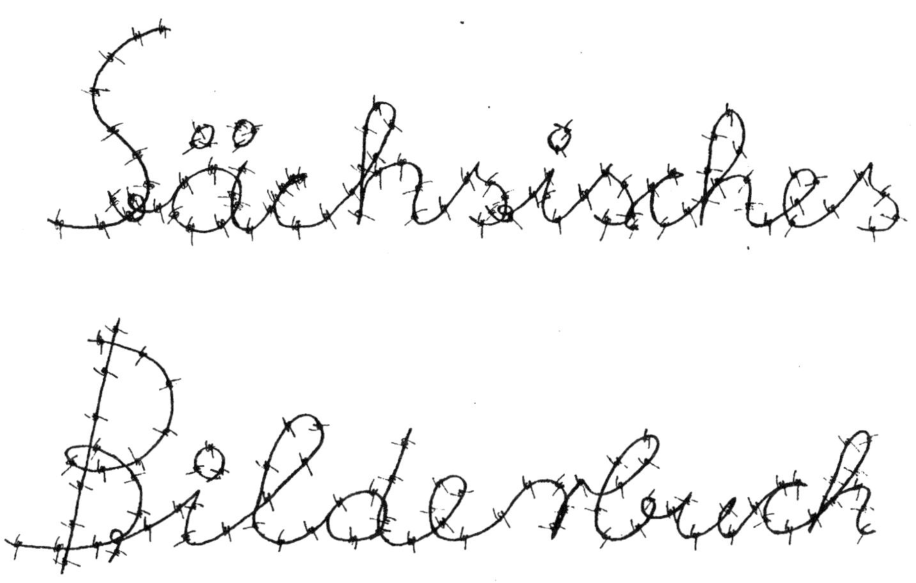

Sächsische Impressionen aus dem geteilten Deutschland **v.** Klaus Burda

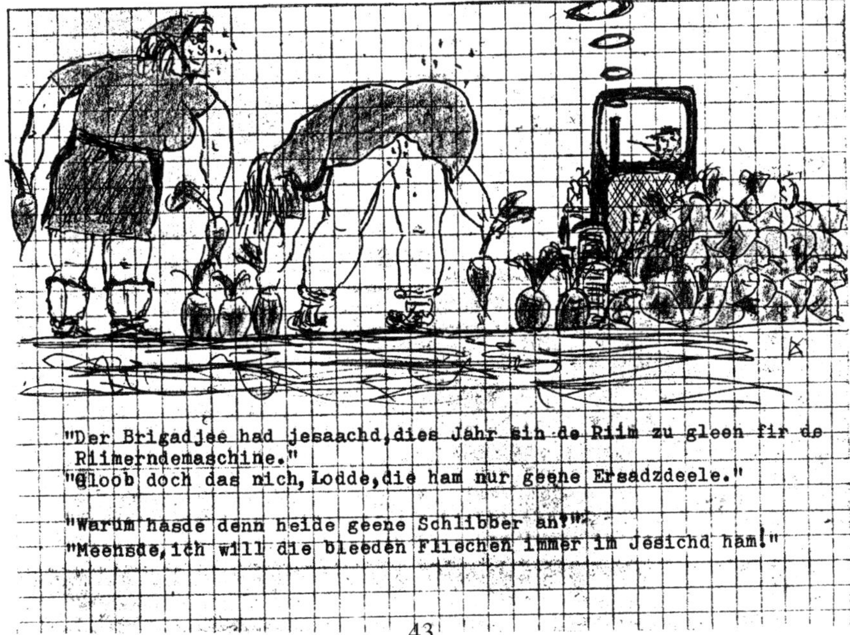

Ja in den sozialistischen Ländern
will sich nur langsam etwas ändern.
Denn auf den Dörfern dort noch heut
man über den Abort sich freut
und wahre Freud hat man daran,
ist selbiger aus Porzellan.
Hier steckt der junge Sozialist
schon bis zum Hals im eignen Mist.

"Eberhard,gomm nein essen,mir haam schòn geessen!"
"Was jibs denn,Mudder?"
"Im Gonsum gaabs heide Fleesch,mein Gudsder."
"Ich gomme,Mudder."

"Freilein Gudruun - - guggemaa,Feerdeäbbel."

"Jaa - - ha ha,Ginder,die sin seldn jewordn - -
najaa,die juuden Feerde gomm eben mid der
rasenden Endwigglung unseres sozialisdschen
Fordschridds nich mehr mid.Heide machen nur
noch unsre Draggdorisden viel Misd.
Wer von eich will schbäder maa Draggdorisd weern?"

"I I I I C H"

Kartoffelkäfer - Suchaktion

"Ich hab geene Lusd mehr, Herr Agronom.- Ich will meine zwee Marg fier
  die zweehunderd Gardofflgäfer."
"Das sin heechsdens hunderd Gäfer,da grichsde nur eene Marg."
"Da laßchse eem widdr fliechen."
"Das is Sabodaasche,du Fleechel - die haam de Amis abjeschmissen,jibse her!"
"Se genn mich maa am Arsch leggen - suchense selber ihre Sabodaasche."

Dörfliche Idylle
1950

"Baud auf baud auf baud auf baud auf,
Junge Bioniere, baud auf . . . "

Dörfliche Idylle
1980

"Baud auf baud auf baud auf baud auf,
Junge Bioniere, baud auf . . . "

FIDSCHE FIDSCHE GRIINE, MIR WOLLN EWAS VERDIENE . . .

ICH BIN DR GLEENE GEENICH, JEBD MR NICH ZU WEENICH. LASSD MICH NICH ZU LANGE

SCHDEHN, ICH WILL Ä HEISCHEN WEIDER JEHN

"Scheen singd ihr,meine Gleen - wer seid ihr denn?"

"Ich bin dr Winneduu,mein Freind is dr Gadaafie un mein Bruder im Waachen is
  een Neecher."

"Soo - een Neecher?"

"Jaa,dr Garl Heinz is een Neecher."

"Ach,dr gleene Garl Heinz is das - he he he - scheen - - na,dem schmeggen
  awwer de Fannguuchen. Da,meine Guudn,habdr jeder eene Wesdmarg,da genndr
  eich im Inderschobbe ä Häbbchen Gaugummi goofen."

"Ooooooh - - dange."

"Mensch Oma! Verscheng doch nich das juude Wesdjeld! Da Gindr, haabdr baar
  scheene Fannguuchen."

"Ach duu mid dein Fannguuchen - - Fannguuchen haamse jenuuch - - dadriwwr
  frein sich doch de Ginder nich mehr - - nehmd nur is Wesdjeld, meine Guudn."

"Ooohh - Baba guggemadaa,der Affe had Banan,der will mr eene jeem."

"Ooohh - Gleener greif zu. Jez weeßch,wie unsre Blaanwerdschafd
 fungsionierd - zuerschd griechen de arm Diere im Zoo un dann griechn
 mir. Was hasde denn dem fiir de Banane jejeem?"

"Dei Bardeiabzeichen,Baba."

51

"Na warded nur,ihr Greebels,eich zeich ich an - Diebschdahl von
   Volgseichenduum - Greif haldse fesde!"
"Gomm Greif,friß ooch baar Gerschen,da mussr dich ooch anzeichn."
"Ich griech eich noch maa,da jibs Dresche! - Der bleede Hund gennd
   ooch jeden,na warde,du grichsd deine Abreibung!"
"Gomm Greif,friß Gerschen - mir häng dr noch baar hinnr de Ohrn un
   dann jehsde zu deim lahm alden Herrchen."

Witz und Wahrheit

"Fahrrkarrte nach A... - A... "

"Nuu - wo wollnse denn hin? - nach Abolda? - oder nach Aue? - oder nach
Aldenburch? - - oder vielleichd sogar nach Aalen?, he he he ."

"Garl,drehd doch den Schdobbelrussen da vorne maa in Arsch,dr Zuch
gommd ja gleich!"

"Ahh - tank Kamerrat - nach Arrscherrsleben."

"Haamse --- "
"Nuu - haamse - die Zeiden sin vorbei,Frau Buhmann - bei uns gehds
 uffwärds!"
"Haamse Domaden?"
"Aber - - Domaden um die Jahreszeid,Frau Buhmann!"
"Haamse geene?"
"Nee,hammer nich! aber den da hammer!den gennse goofen,der soll raus.Da
 drieben häng jezd de Werschde."

Die unzufriedene Person,
die kritisiert das Gute schon.
Darum schau hier,wie es so ist,
wo man mit Bruderkuß sich küßt.

Dresden anno 1977

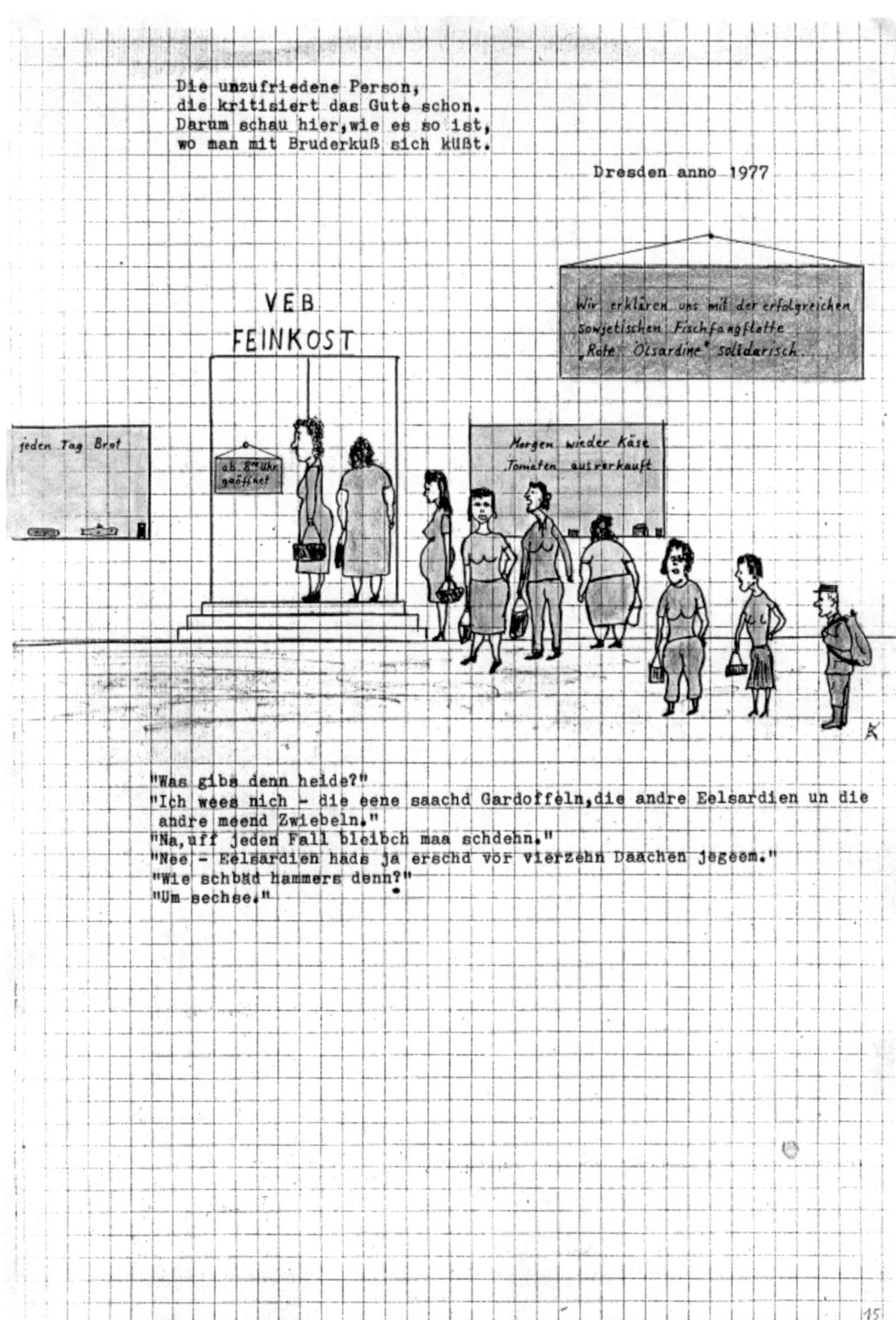

VEB
FEINKOST

jeden Tag Brot

ab 8⁰⁰ Uhr
geöffnet

Wir erklären uns mit der erfolgreichen
sowjetischen Fischfangflotte
„Rote Ölsardine" solidarisch.

Morgen wieder Käse
Tomaten ausverkauft

"Was gibs denn heide?"
"Ich wees nich - die eene saachd Gardoffeln,die andre Eelsardien un die
 andre meend Zwiebeln."
"Na,uff jeden Fall bleibch maa schdehn."
"Nee - Eelsardien hads ja erschd vor vierzehn Daachen jegeem."
"Wie schbäd hammers denn?"
"Um sechse."

"Was brauchensen fiir Badderien? Runde oder eggche? Haamse denn Ihrn
Bersonalausweis dabei?"
"Nee."
"Na,da griechense ooch geene! Da gommd nämlich een Schdämbel in Ausweis.
Jeder grichd nur zwee Badderien. - - Awwr bis Sie mid Ihrn Ausweis widdr
da sin,sin de Badderien sowieso alle.Ich schlaache Ihnen vor,guggense sich
lieber gleich nach Gerzen um,die wärn nämlich ooch schon rar."

EIN HARTER WINTER

"Machense Ihr Abblendlichd an!"
"Aber da steht doch Standlicht einsch..."
"Machenses an!!!"

"Jenosse, meine Gerze is bald alle."
"Meine ooch- das sin de Ledzden — is soll in
dr janzen Rebublieg geene mehr jehm."
"Wenn die nur maa in Schdroom widdr einschal
den däden."
"De Schdreichhälzer jehn ogch zur Neiche —
Morchen solln zwee Jenossen in Wald fahrn,
Gienschbähne holn."

"Nuu - was duusdn da,Garl Heinz?"

"Na,de Wasserleidung uffdaun.Weil dr Gredschmar ausjezoochen is un de
Wohnung leer schdehd,isse beschdimmd einjefrohrn - - un das eene Rohr
jehd zu mir nuff.Ich hab middn Diddrich is Schloß uffjemachd."

"Awwr Garl Heinz,is is doch Schdroomschberre,da jehds Wasser ooch nich -
de Bumben,verschdehsde? - - Bass uff,verbrenn mr nich in Bard! Meine
Frau dud schon mid Schnee gochen."

"Achwoo - is wahr?"

EIN HARTER WINTER

"Wer had uns denn den Rodgäbbchen hergedaan? Sowas dringen mir doch
nich - - hehe,da had sich vielleichd einer ein Schbaaß erlaubd."

"Mach dr nischd draus,Erich,dr Genosse Leonid had uns ja zu Weihnachden
Grimseggd geschängd und die warm Belzmidzen,damid mr in dr Energiegrise
nich friern."

"Ja,rigge nur bißchen näher,Willi,da hald mr uns warm - - drodzdem hab
ich daraus die Lehre gezoochen,daß mr mid unsrer Braungohle alleine
nich mehr ausgomm.- - Ich erwäge,vom Genossen Helmud,ich meine von dr
BRD,ein Gerngrafdwerg zu gaufen - - nadiirlich widdr von ihrn eichnen
Devisen.Was meinsd du dazu,Willi?"

EIN HARTER WINTER

60

"Was machsdn du da,Alder?! Hasde im HO Briefumschläche jegrichd?"
"Achwo! Desweechen duich ja welche schnibbeln.Der Vergeifer im HO had
    jesaachd,seiddems jez Gloobabier un ooch widdr Baggbabier jibd,jibs
    geen Briefbabier un geene Umschläche mehr.Awwr ich schreib denen im
    Wesdn,wennse uns geen Briefbabier schiggen,gemmr nich mehr schreim.
    Un de Schere schneid ooch nischd un dr Giddefix gläbd ooch nischd - -
    gomm Alde,mach dein Mehlgleisdr an!"
"Ich hab heide im Gonsum geen Mehl mehr jegrichd,is war alle.Wollmer
    bißchen Gunsdbienhonich nehm,der gläbd ja ooch janz juud."
"Ja,gläm duudr juud.Jez mißmer ooch schon uffn Gloobabier schreim!"

"Also,jez versuch chs noch maa - erschd mid dr Zunge - gläbd nich.Dann
 mid Giddefix - der gläbd ooch nischd.Also Alde,mach dein Mehlgleisdr an."

"Du schbinnsd awwer ooch,gurz bevor mr ins Bedde jehn,willsde noch de
 Briefe zuglääm."

"Quadsch nich so bleede - - weilchse morchen friih uff de Bosd duun will."

"Sollch ooch een Ei neinduun?"

"Mr machen doch geen Guuchen - - obwoh,een Gaggei gläbd ja ooch - - ach,
 schmeiß eens nein."

"Nur juud,daß de immer een Schdabel Briefe zusammgomm läßd,daß sichs ooch
 lohnd. - - Warum die woh bei uns geen richdchn Gläbr machn genn?"

"Na,janz einfach,die wolln de Briefe lesen,die in Wesdn jehn - - awwr unsre
 nich!"

"Der Vergeifer im HO had jesaachd,seiddems Gloobabier jibd,is es aus mid dem
  Baggbabier.Awwer das war ja deine dumme Idee,Hausmacher - Werschde nachen
  Wesden zu schiggen.Mer mußch ja schämen."
"Quadsch doch nich so bleede,Alde,die wern dengen,unser Baggbabier is so juud,
  daß mersch ooch als Gloobabier nehm gennde."

"Jaja Miez,du grichsd ja een Schdiggchen Wurschd.
 Das häddch dr gonnd gleich saachen,daß die an dr Gondrolle das Bäggchen mid
 der Hausmacher-Wurschd naachn Wesden widdr zurigg schiggen.
 Warum mir woh geene Wurschd schiggen derfen?"

"Na,die haam Angsd,wenn das jeder machen däde,daßes dann bei uns in dr DDR
 nischd mehr zu fressen jibd.Awwer ich schigge das Bäggchen nochmaa wegg un
 wiggel de Werschde diesmaa mid Silberbabier ein,da sehnse nischd beim Durch=
 leichdn."

"Ach,die haam doch Hunde,die dran riechen,un wenn die belln,is Wurschd drin -
 soo dumm sin Unsre nuu ooch nich."

"Da duuich eem noch Barfiim nein."

"Ach heer uff,du Quadschgobb."

"Ohhh,im Wucherladen sin de Regale voll - un die Uffmachung,wie im Wesdn.
 Ohhh guggemaa,da jibds Domaden - achdzn Marg is Gilo,das ganzch ja nur een
 Bonze leisdn - un im Gonsum sinse ausvergoofd un dr frische Salad had schon
 jeschossen."
"Bsssschd - da schdehd dr ABV ."
"Seid wann jeh mr denn mid dr Gadze uff dr Schdraße schbaziern?!"
"De Gadze is jenau so Volgseichenduum wie Ihr Göder un darf uff de Schdraße."
"Saachense nich Göder! - das is een Volgsbolezeihund!!"

"Siehsde,is war doch juud,daß mr nach Leibzch jefahrn sinn,
hier griechmr beschdimmd was fiir Weihnachdn,hier siehd mr
viele Schlang schdehn.Schdell duudch glei da driim in de
Schlange,Alder."
"Was sollchn goofen,wenns was jibd?"
"Ejal was jibd,du nimmsd een Gilo ün bei Salzhering zwee Gilo."
"Un wenns Bier jibd?"
"Da nimmsde zwanzch Flaschen."
"Un wenns bloß Diabedigerbier jibd?"
"Da nimmsde nischd,das griechmr bei uns im Gonsum ooch."

HO KAUF
VEB
Dresdner
Christstollen
Meißner Porzellan
jetzt auch für uns
Werktätigen
1 Service 25000.- M

"Du bisd ja immer noch nich drinn?"
"Is sin geene Eingoofswaachen mehr frei,ich muß warden,bis jemand
   rausgommd,dann läßd mich dr Vergeifernein.Na un du?hasde was jegrichd?"
"Achwoh!"
"Was heeßd,achwoh?"
"Ach,das war ne Bingelbude,wonach se schlangejeschdanden sin,awwr ich
   mußde sowieso emaa."

"He he he he he Hi hi hi hi hi."

"Sooo - hähähä - da sinn Sie also ooch Rendner jeworden? Da griechense nuu
 ooch den VEB-Schdembel - hähähä - - schon erleedchd,Se gännsch widdr anziehn."

"Warum VEB-Schdembel,Herr Doggdor?"

"Ich denge,mir sinn jezd Rendner un dirfen in Wesdn fahrn,Herr Doggdor? Un nuu
 machense uns een VEB-Schdembel uffn Arsch."

"Na glaar dirfense fahrn - hähä - das soll ja ooch nich heeßen VOLGSEICHENER
 BIRCHER,sondern, VOM ELEND BEFREID - - hähähä."

"Nanuu Garin - mir haam uns ja
 seiddem mr aus dr Schule sin
 nich mehr jesehn.Du bisd woo
 Gindergärdnerin gewordn?"
"Nee,Lehrerin."
"Was,duu? Nuu,du warschd doch
 damals in dr Schule nich grade
 de Hellsde."
"Ich bin damals gleich in de
 Bardei einjedreden - - na un
 duu,du warschd doch damals dr
 Schlausde?"
"Das siehsde doch,ich bin Meier
 jewordn."
"Soo Ginder,da sehdr unsre
 Bauarbeider - - ohne die gann
 gein sozialisdscher Schdaad
 exisdiern. . . "

69

"Hier gennse nich bargen - nur Grafdfahrzeiche aus dr BRD."
"Warum denn?"
"Das sehnse doch,hier had de LPG ihrn Weezen jelaacherd."
"Woh damid de Wesddeidschen sehn,daß die ihrn Blaan iwwererfilld haam?"
"Fraachen Se nich so bleede!fahrnse weider!"

"Gennsde den? Da haamse in Berlin uffn Alex een Wohnblogg jebaud un de Doledden verjessen.Da had dr Schdaadsraad jesaachd:Da gammer drodzdem einziehn.Im erschden Schdogg de Gribbe,die machn noch in de Windeln.Im zweeden Gonsum un HO,die bescheis= sen sich jechenseidch.Im driddn Schdogg de Bardei,da darf sowieso geener ausdreden un janz oom is Zedgaa (ZK),die fahrn ja weechen jeder Scheiße nach Mosgau."

"Hahaha."

"Obaa guggemaa,im Gonsum da gaabs heide richdches Eis."
"Oooch — is wahr, meine Gleene?"

"Guggemaa Muddi,dr dirre Dieder had awwer een langen Schnullhahn."

"Laß deim Bruder sein Ding in Ruhe! Ach,es wirde Zeid,daß mr eene
Neubauwohnung gräächden mid nem richdchen Bad - - ihr seid doch schon
viel zu groß,un dann die gleene Badewanne."

"Hihihihi - - laß los,du bleede Hexe!"

" . . wemmr sich umguggd,was mir schon alles in den dreißch Jahrn erreichd haam.
Un nuu schbield zum Aufdaggd die FDJ-Gabelle under der Leidung des Jenossen Josd."

BUMM BUMM BUMM . . .

"Nuu saachensemaa,Jenosse,Se wissen doch jenau,daßes neierdings verboodn is,een
Ballong schdeichn zu lassen,der greeßer is als zwanzch Zendimeedr.Lesense nich
de Freiheid? Na,da wolln mr zum dreißchsdn Jahresdaach gleich maa de Amnesdie
waldn lassn un von nr Schdraafe absehn - - awwr in Ballong mußch vernichdn."

"Obaa,mei Ballong is beinah so groß,wie der,deense ledzdens im Wesdfernsehn
jezeichd haam - he? Hee Zisdrich,laß mein Lufdballong loß!"

Sächsische Einschulung

"Wer is der Franz Josef Schdrauß? - Inge !"
"Een Gabidalisd."
"Juud - un wer is der Erich Honnegger? - Bärbel!"
"Dem jeheerd unser Land."
"Ooch jud - un wer is der Herr Breschnewf? - Bernhard!
"Een Rußgie."
"Das heesd Sofjedmensch,Ginder! un warum sin de Sofjedmenschen bei uns?
  - Eriga !"
"Mei Obaa had jesaachd,die ham frieher uff unsern Feld Gardoffeln jegla.-
"Weil se unsre Freinde sinn,Ginder."

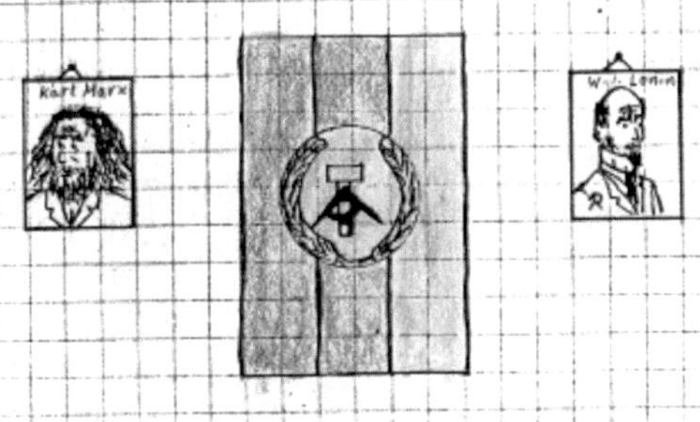

"Seiddem dr VEB - Schdraßenbau nur de Iwwerholschbur ausjebesserd had,
   gassier mr dächlich is Dobbelde."
"Der Jenosse,der Neue,had dem Verbessrungswesen vorjeschlaachn,daß die,
   was lings fahrn wolln,gleich an dr Grenze eene Gebier bezahln.Dadurch
   wern de Orjane dr Volgsbolezei endlasded."

"Guggense maa,Genosse Gommisar,der heesd ja ooch Franz Josef - ob der
womeechlich mid dem andern verwandt is?"
"Nuu - off jeden Fall guggense sich den Waachen maa genauer an.Ich wer
von dem inzwischen zwansch Marg gassiern,weechen zu schnelln fahrn."

Fährt ein Bayer oft durch Sachsen
tut sein Konto nicht mehr wachsen.
Ja,der Sachse,der ist schlau,
vom Bayer weiß mans nicht genau.

"Melde jehorsamsd,Jenosse,widdr een neier Schieler! Der behaubded,der war schon
 maa in unsrer Schule."
"Is juud,Jenosse."
"Wenn ich mir eene Fraache erlaum darf,Jenosse?"
"Was jibds?"
"Schreim Sie doch een Zeichnis in Reisebass,is wär besser."
"Der Vorschlaach is juud,Jenosse,ich wern maa weiderleiden ans Minisderium des
 Innern.Un nuu jehnse widdr uff Ihrn Bosden!"
"Jawoll,Jenosse!"

"Mensch, nehmse Ihrn Gobb da weg! - - Sie solln Ihrn bleeden Gobb
von demogradsche wegnehm!!! Ich wer Sie degradiern!! Wollnse mich
vielleichd vergaggeiern,Sie mieser Schidze?!! Hoffendlich sinse
bald ferdch midden fesdnaacheln!   - - Se brauchen mid den Hammer
garnich so fesde zu globben,da gommse sowieso nich durch - un ich bin
ja ooch noch da!"

PORTRÄT EINES AKTIVISTEN

"Wir sind vom Westfernsehen und möchten Sie um ein kurzes Interview bitten:
 Wie wird man Aktivist?"

"Also Hähh,na jaa,wennse mich so direggd fraachn,machense mich janz verleechn.
 Also erschd emaa die Abzeichen in meim Gnobbloch hier,da missense drin sin,
 nichwahr,in dr Bardei un so,nichwahr.Na,un de linge Foode muß wissen,was de
 rechde duud,nichwahr.Na,un was is Wichdchsde,mr muß zehn maa so schnell glächn
 wie de iibrichen Golleechn - - na,mr gann saachn,so schnell wie ihr im Wesdn.
 Na,friiher habch in Schwarze Bumbe jegläächd,awwr heide binch Leina-Belzer.
 Naja,nuu - - un da habch nuu de Aggdevisdnnadel jeschängd jegrichd un das
 Andengen hier un een Gasdn Bier - - na,is das nich scheen,saachensemaa?"

"Wir danken Ihnen Herr - - äähh."

"Jiddnr is mein Name,Jiddnr,mein Guudsdr."

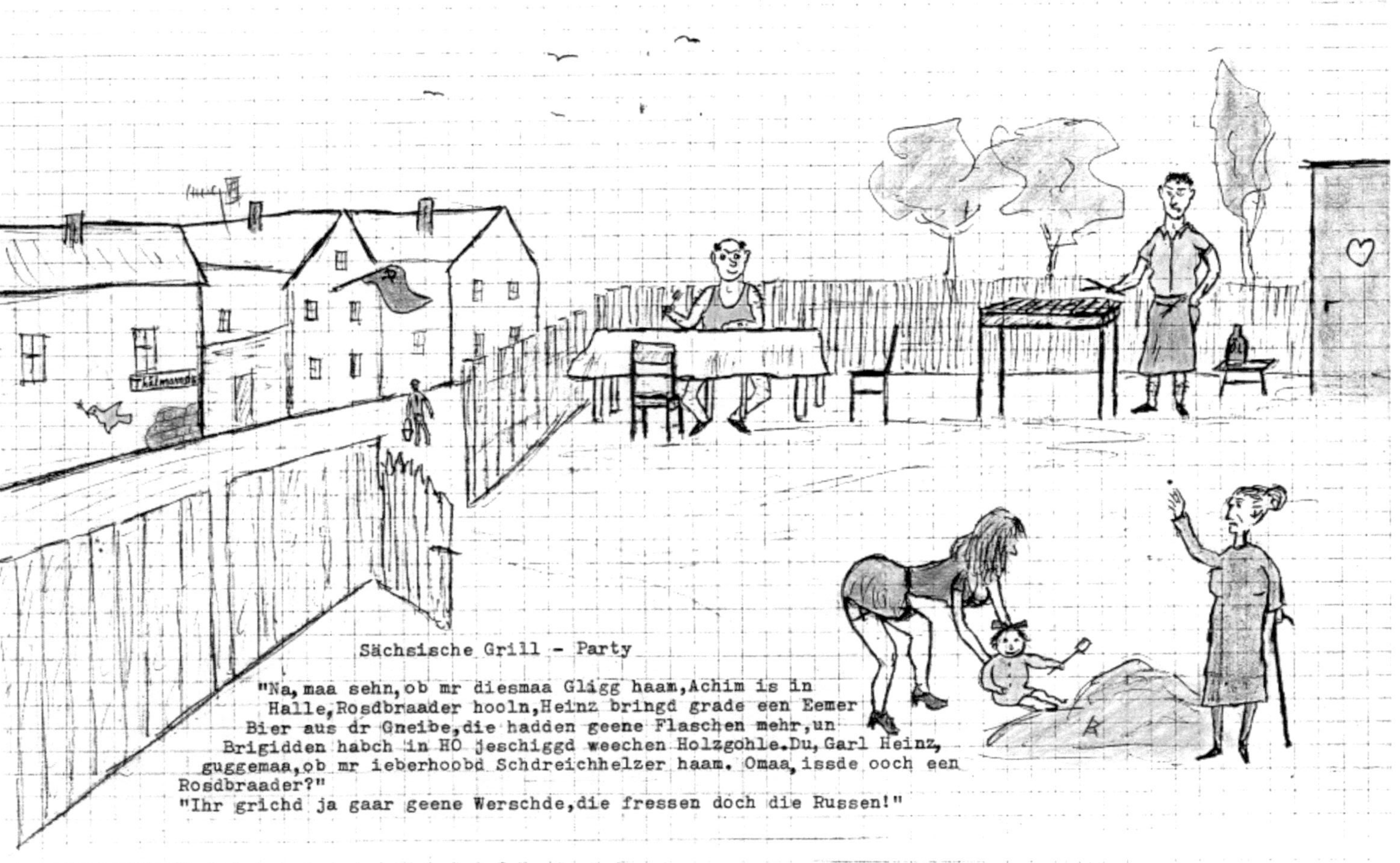

Sächsische Grill - Party

"Na, maa sehn, ob mr diesmaa Glügg haam,Achim is in
Halle,Rosdbraader hooln,Heinz bringd grade een Eemer
Bier aus dr Gneibe,die hadden geene Flaschen mehr,un
Brigidden habch in HO jeschiggd weechen Holzgohle.Du, Garl Heinz,
guggemaa,ob mr ieberhoobd Schdreichhelzer haam. Omaa,issde ooch een
Rosdbraader?"
"Ihr grichd ja gaar geene Werschde,die fressen doch die Russen!"

HAHAHAHA HAHOHOHOHO HIHIHI PROST NEUJAHR ! ! !

"Gennd ihr den schon? - - Da mußde dr Breschnew beim ledzdn DDR Besuch
wechen Bauchschmerzen oberierd wern,un als er bledzlich aus dr
Braungohle - Nargose uffwachd,siehdr,wie se in Bresidend Gaadr un in
Honneggr aus sein Bauch holn un saachd: Also,daßch in Gaadr jefressen
hab,das weeß ich,awwer dr Honneggr,der muß mr wohl in Arsch jegrochen
sein."

HAHAHAHA HIHIHIHI HOHOHOHO   PROST NEUJAHR ! ! !

"Erschd warch in Halle,woode jesaachd hasd - die haddn geene un ham mich
  nach Leibzch zum Fachhandel jeschiggd - dord haddn se ooch geene Sicherung,
  un die ham jesaachd,da mußch nach Berlin fahrn.Nee - weechen baar Sicherung
  fahrch da nich hin."
"Mensch Walder,bleib doch in dr Diere schdehn mid deiner nassen Rabbsblaane!
  Da -- deine Sicherung habch jefliggd mid den dinnsden Aludrahd dench hadde."
"Meensde,die halden?"
"Das gann sein,dasse länger halden wie deine Meebel."
" ? ?   --   Der Meesdr dord had jesaachd,seidse in dr Rebublieg mehr Schdroom
  erzeichen,gommse mid dr Brodugsjoon von Sicherung nich mehr nach."

"Frau,hald de Gaggeier fesde,mr ieberholn jedzd maa den Wesdwaachen."
"Mensch Erich,bass uff de Schlaachlöcher uff!"
"Ach was,jedzd wer ich dem maa zeichen,wie fix mr sin."
"Babaa,wieviel Sachen hammer denn druff?"
"Ich gann bei der hochen Geschwidchgeed nich mehr uffen Dacho guggen,
 Gleene - awwer ich gloobe,hunderdzwansch Sachen fahrn mr."
"Ooooo "

"Haamse lange,digge Underhosen da ?"
"Ja,hammr.Welche Greese ?"
"Achdunverzch."
"Achdunverzch hammr nich mehr,nur noch zweeunfufzch - awwr Se gennse ja
 girzer machen un in Jummi enger. - - Haamse iwwerhaubd de Bescheinjung
 darbei ?"
"Was fiir Bescheinjung ?"
"Na,von Ihrm Bedriebsleider,daß Se im Winder im Freien arweeden missen."
"Die brauch mr woh ?"
"Ja,nur uff die Bescheinjung griechense lange,digge Underhosen.Na,das
 missense doch wissen - Beschluß vom ledzden Bardeidaach."

"Guggemaa,die had ooch Niedhosen an un die is janz scheen digge - un du
 saachsd immer,ich bin schon zu ald un zu quadradisch."

EIN HARTER WINTER

" Ilseee !!!   - - -   Ilseeeee !!!!! - bring maa schnell een Eemer heeßes
                              Wasser, ich bin anjefroorn."

"Ich gomme ja schon - - ach,een Innglosedd wär ja so scheen,awwer ihr
 grichd ja nischd ferdch -- Dransbarende maln genndr,ihr Bardeijenossen."

"Quadsch geen Misd,du hasd ja gar geene Ahnung von Bolidigg!"

"Eens wees ich, de rode Farbe un is Maul jefriern eich nich ein."

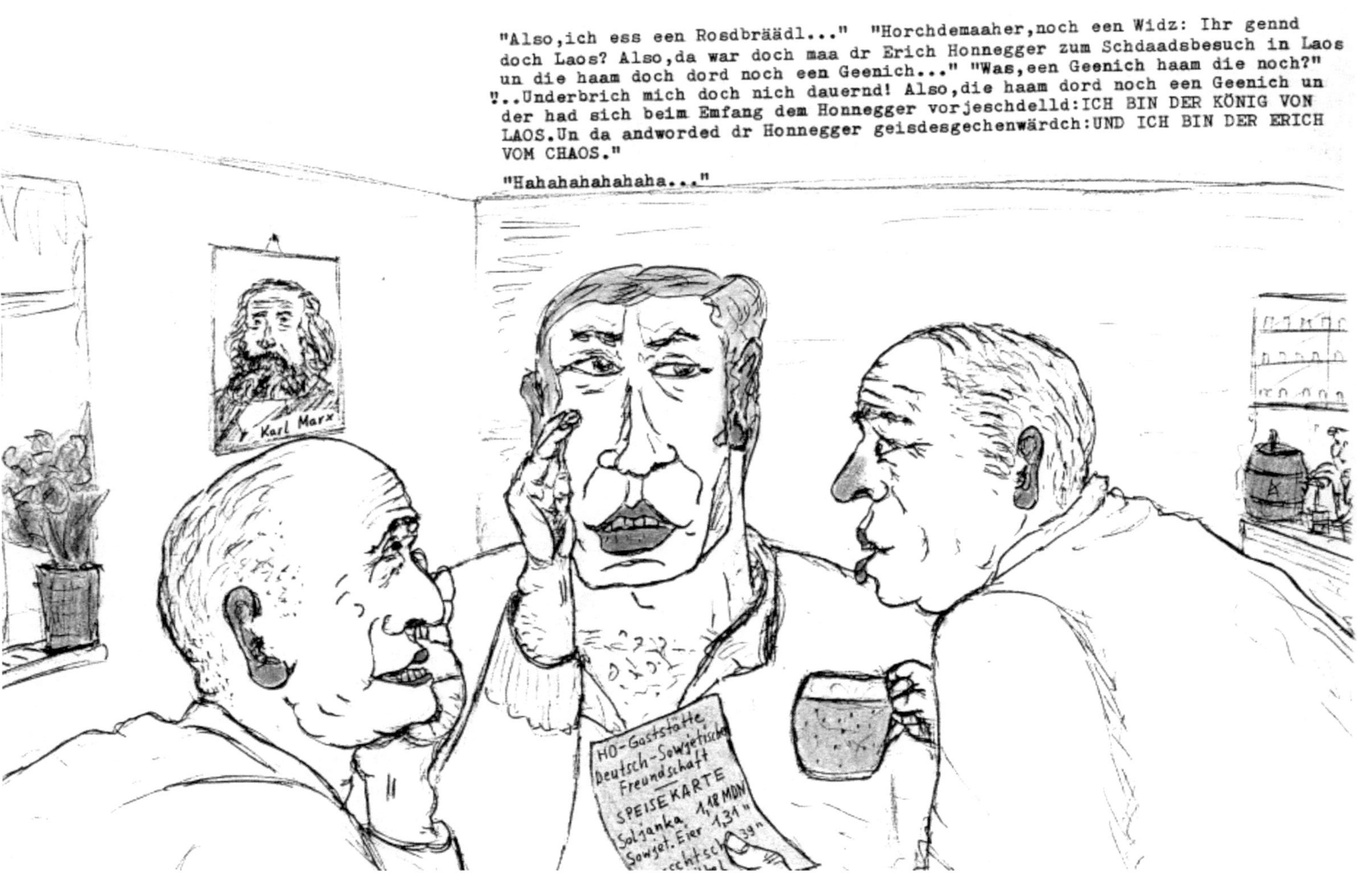

"Also,ich ess een Rosdbräädl..." "Horchdemaaher,noch een Widz: Ihr gennd doch Laos? Also,da war doch maa dr Erich Honnegger zum Schdaadsbesuch in Laos un die haam doch dord noch een Geenich..." "Was,een Geenich haam die noch?" "..Underbrich mich doch nich dauernd! Also,die haam dord noch een Geenich un der had sich beim Emfang dem Honnegger vorjeschdelld:ICH BIN DER KÖNIG VON LAOS.Un da andworded dr Honnegger geisdesgechenwärdch:UND ICH BIN DER ERICH VOM CHAOS."

"Hahahahahahaha..."

Karl Marx
HO-Gaststätte
Deutsch-Sowjetische
Freundschaft
SPEISEKARTE
Soljanka 1,18 MDN
Sowjet. Eier 1,31 "

IN DER BRAUEREI

"Mmmmmmmaaaahhhh - is das juuud."

"Mensch Baul,du leggsd dr ja schon widdr in Schaum von dr Nase."

"Een scheenes Bier is das,Meesdr, un das mußch ausnidzn,solangch an dr Quelle
  gläche - gaum bisde ausen Bedrieb draußen un jehsd in de nächsde Gneibe een
  Bier dringen,da haamse geens mehr, herrejeh. Un da duun mir is Soll mid
  zwansch Brozend iwwererfilln - - also nee!"

"Is is eem heeß un de Leide saufen viel."

"Is is eem heeß - - daßch nich lache,Meesdr - - is is ooch nich heeßer wie
  im Wesdn,un da griechense immer zu saufen."

"Liebe Genossen , Liebe Golleechen - - ich freie mich,eich middeiln
zu genn,daß mr unsern Blaan der Schdrohmerzeuchung um zwahsch Brozend
iebererfillen gonnden - - - Golleeche Waachner,guggense doch maa,
ob eben die Berne gabuddjegang is ?!"
"Nee Meesder,mir haam de Nodlambe ja so jeschalden,daß se nur bei
Schdrohmschberre uffleichd."

"Wo gommen Sie denn her?"
"Aus Leuna."
"Was is Ihr Beruf?"
"Ich bin Wergdädcher."
"Un was had Ihnen an der Leibzcher Messe am besden jefalln?"
"Hier grichd mr endlich widdr maa Gardoffeln zu essen."

"Se ham zwar in allen Fächern eene Eens jeschriem,awwer uff de Hochschule
 derfen Se ja nich,das wissense ja."

"Warum denn nich?"

"Na,weil Ihr Vader Basder is -- Indellegenzler,verschdehnse -- nur Arweider=
 ginder ... "

"Awwer Herr Owerlehrer,is Freillein Schdoof darf doch ooch -- wo bleibd
 denn da de sozialisdsche Gleichberechdchung?"

"So gennse das nich vergleichn - guggense,de Äbbel sin ooch Volgseichendum
 un Se derfen sich geene vom Boom holn."

"Un das mußch dr Geedhe anheern!"

"Daach Gneiber."
"Daach Erich - warum dusde denn jezd jeden Daach hier loofen un gommsd
 nich mehr in de Gneibe?"
"Da jabs ledzden Freidaach Bullower im Dexdil-Gaufhaus -- ich bin mid
 meiner Gleen gleich hinjeloofen,doch wo mr hingam,warnse alle.Das nechsde=
 maa mißmer schneller sin."

"Los Vadi - noch eene Minude,dann hasde Rundenregord!"

"Domenigg - - gugge was dr dr Weihnachdsmann ausn Wesdn
   midjebrachd had - - Gaugummii.Huch,fall nich hin,Gleener.
   Manfred,mach doch maa in Fernseher aus,dr Brofessor Klick gommd."

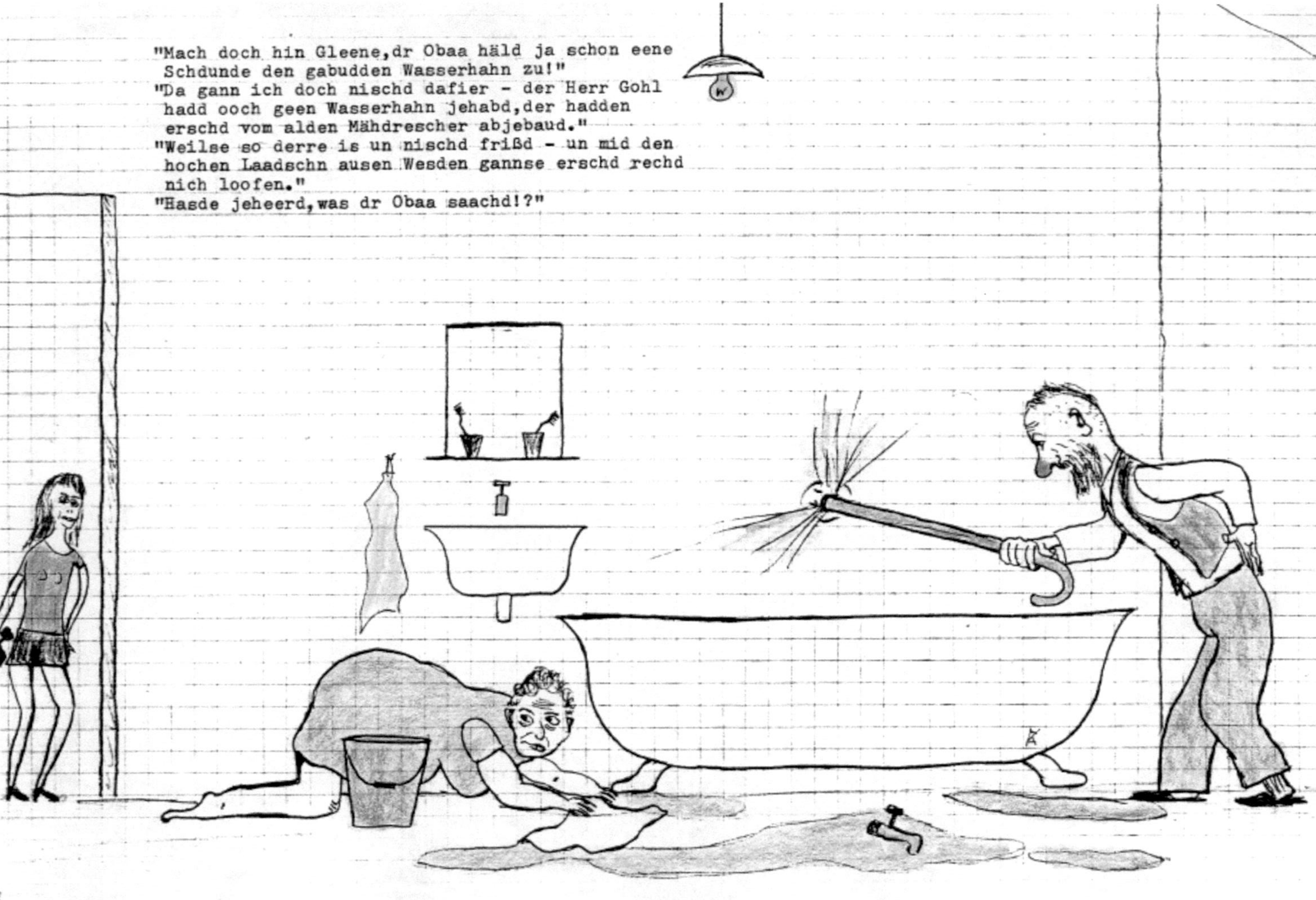

"Mach doch hin Gleene,dr Obaa häld ja schon eene
 Schdunde den gabudden Wasserhahn zu!"
"Da gann ich doch nischd dafier - der Herr Gohl
 hadd ooch geen Wasserhahn jehabd,der hadden
 erschd vom alden Mähdrescher abjebaud."
"Weilse so derre is un nischd frißd - un mid den
 hochen Laadschn ausen Wesden gannse erschd rechd
 nich loofen."
"Hasde jeheerd,was dr Obaa saachd!?"

"Mir ham bloß noch een Sagg Zemend,Heinrich -- un die im Zemendwerch
ham jesaachd,ich soll in 14 Daachen widdr maa vorbeiguggen.Im nächsden
Finfjahrblaan solls jede Woche Zemend jehm,had dr Brigadje dord jemeend."

"Ich hab maa jeheerd,frieher hamse mid Ochsenblud un Guhscheiße jemauerd -
ob mersch ooch maa brobiern?"

"Mir ham ooch nur noch drei Schdeene - - awwer ich gloobe,daßch bis in
finf Jahrn in mein Heischen drin bin."

"Geene Rosder mehr da ? - - geene Broiler ?"

"Nee,nur noch Boggwurschd ohne Darm."

"Willsde eene ohne Darm,Gleener?"

"Ääge - - nee,sowas freßch nich!"

"Warum quägsde denn Heinz?"

"Da habch ne halbe Schdunde nach baar Broilern fir uns anjeschdandn
un wo ich drangaam,warnse alle - - nur noch een Been haddense."

"Mach dr doch nischd draus,mr schiggen Ingriden heem,baar Bemm holn.'

Hier kann man einen Wagen sehn
mit Dreizackstern im Parkplatz stehn.
Westdeutsch sind die Nummernschilder
und gar schön die Aufklebbilder.
Da - die jungen Sozialisten,
sie wolln den Fahrer überlisten.
Der eine möchte gern den Tiger,
dem andren ist der Dreizack lieber.
Sie wissen,wer zum Bitten neigt
kriegt oft den Vogel nur gezeigt.
So stehlen sie ganz heimlich leise
das Zeug auf unsoziale Weise.

"Fiir den Diecher griech ich beschdimmd finf Wesdmarg."

"Fiir den Schdern griech ich mehr."

"Guggemaa,was der fiir Schdiefl anhad."

"... un Hier zwee hervorraachende Daden zur Verscheenerung
unseres Dorfes.So had unser bereids sibzchjährcher Jenosse Gosrau
hier,in selbstlosem Einsadz die erschden dreisch Meder Gehweech-
bladden unsres Dorfes rechdzeidch bis zum erschden Mai verleechd,
und der Schbordfreund Dinger had vierzch Meder der Weeche unsers
scheenen Bargs hier vom Ungraude befreid . . ."

"Da saachen die im Wesdfernsehn immer,unsere werdn Waffen als End=
wigglungshilfe nach Afriga schiggen - is schdimmd ja ooch,da fahrn
ja de Ganoon - - awwr hier im Fernglas seh ich,daß die im Wesdn
ooch Banzr drasbordiern,ich gann nur das NACH AFRIGA nich richdch
deidlich sehn."

"Gomm Garl,heer uff zu guggen,dr Meesdr had jesaachd,mr solln laufend
arweeden un de blaun Midzn nich abdun,sonsd fängd de NVA uffn
Wachdurm an zu ballern."

"Alde, guggemaa, was mich da uffn Bauch grawweld."

"Ach - da sidzd bloß een Modschegälbchen uff dein Bauchgnäbbchen."

"Mamaaa!!! die had mein Gaugummi gemausd un jez frißd se meine Subbe!"

"RUHE !!! - Oma,hau doch deene maa eene uffn Nischel! - - siehsde Glaus,
 so is das bei uns,de Ginder gambeln sich schon um een Gaugummi - - ich bin
 ja durchaus fiir Marx, awwer nich fiir Murgs - - die Dosen da uffn Regal
 sin unser gleener Beidraach zur Wiedervereinichung, he he ."

"Wo fahr mr denn hin ?"

"Ich hab mr jedachd,uffn Audobargbladz , ääh ich meene Audobahnbargbladz ⊥ -
 vielleichd find mr eene Wesddeidsche Zeidung."

"Oder mr genn bißchen Wesdjeld dauschen - - oder mr finden baar leere
 Goladosen . . . "

"Guggemaa,eene Goladose."

"Horchemaa,was hier schdehd - Zwee junge Männer un een Meechen in
NVA - Uniform jeflohn . . . "

" Baaaaaaaaaaaaaaaaaaa . . . "

"Wie soll denn - - gluck gluck gluck, mmmm aaah ! - - dr Gleene heeßen?"
"Bädrigg"

"Bädrigg?, is wohl der englische Name?, alo nee - da habch heide lauder
   ausländsche Nam jedoofd - - een Elvis , een Sylvio, een Dschonny - -
   dabei jibs so scheene deidsche Nam wie Erich,oder Walder,oder Willy.
   Also Bädrigg, ich doofe dich im Namen des Vaders,des Sohnes und . . . "

"Baaaaaaaaaaaaaaaaaaaaa . . . "

"Haamse noch Schmiddmidzen da?"

"Nee,is dud mr leid,awwer jerade haam die drei
LPG Meechens dord de ledzden dreie jegoofd -
die meenden,die Midzen sin so scheen fiir de
Feldarweed - - awwr mr haam echde sofjedische
Belzmidzen da,wennse . . ."

"Nee dange - wann griechensen widdr Schmiddmidzen
rein?"

"Ich weeses nich - awwr de Brodugsjohn leefd uff
Hochduurn."

106

"... ,weil meine Frau in de LPG einjedreden
is,gonndch das Heischen goofen - - fiir finf=
dausend,was meensde,was das erschd fiir ne
Bruchbude war - - da hinden habch mir een
Schwimmingbuul jebaud - - in dr Bardei bin
ich ooch,die haam mich solange dragdierd,musd
eem bei jeden Misd de rode Fahne raushäng.
Ich hab alles selber jemachd un orjanisierd,
mr grichd ja nischd - - das is nadiirlich
bei eich alles scheener."

"Ach,im Wesden is schon lange nich mehr
 alles Gold,was glänzt.Der Arbeiter kann
sich keen Häuschen mehr baun,ohne zum
Schuldenbuckel zu werden - - und de Kapi=
talisten könn sich in dem Arbeitgeberstaat
alles leisten,die kommandiern nur:auf auf
geschwind,und dann später gibts Arbeitslose.
Voriges Jahr hammse mich während der Urlaubs=
zeit entlassen.Es wird Zeit,daß unsere Sozial=
demokraten ooch mal nen Sozialismus schaffen."

"Hasde schon jeheerd,dr Honneggr dreibd uns
jedzd ooch an,da hammr dann ooch bald
Arweedslose,he he he - - weesde noch,wie
mr friiher da hinden immer zusamm Gerschen
glaun warn? . . ."

"Daach Achim !! - warum drämbsde denn? dein Drabbi is woh gabudd?"

"Na,was heesd gabudd - - de Badderie is gabudd,ich jeh schon een
 halbes Jahr nach nr neien,awwer is jibd geene."

"Wo willsdn hin?"

"In de Stadt,een Bundfernseher beschdelln."

"Na,da schdeich ein - - da wirschde ja in finf Jahrn een Bundfernsehr
 haam . . . "

"Guggemadaa, de Freinde."

"Weesd du eechendlich,was das CA uff der Russengarrede heeßen soll?"

"Nee,so juud warch in dr Schule in Russch nich."

"Ich hab maa jeheerd,das soll Cämbing Allemanje heeßen."

"Meechlich, hehehe."

"Ob die een Gasden Bier ham wolln,weilse so wingen?"

"Nee,die saufen doch nur Radebercher,das was mir nie zu sehn griechen."

"Verbibschd nochemaa,gennse denn nich uffbassen,Siee -- nanuu,Sie sinn doch
 dr Vorsidzende von dr Nodenbang? - mr sinn doch zusamm am erschden Mai in dr
 erschden Reihe maschierd."
"Un Sie sinn dr Vorsidzende von dr Nazionalen Frond, nichwahr? Endschuldchense,
 ich hab da werglich nich uffjebaßd,mr muß ja soo viel im Gobbe haam."

"Was mach mrn nuu? - is jibd doch geene Ersadzdeele."
"Lassense das maa meine Sorche sinn,Sie griechen selbsverschdendlich Wesdmarg
 im Gurs von 1:1 uff meiner Bang un den Schaden zahl ich nadiirlich ooch.Fiir
 Wesdjeld griechense alles rebarierd.Ich gloobe,de Weißen Meise brauch mr nich."

"Guggense ma schnell her - bassense awwr uffen Vergehr uff - guggense,da
driem schwimmd ne Biesamradde mid nen Asd im Maul un da unden is een
großer Fisch,der frißd an eem Scheißhoofn rum - - schlaachense de Biesam=
radde dord dod,da griechense vom Schdaad dreißch Marg dafiir!"

"Ich brauche niemanden für dreißig Mark totzuschlagen,auch keine Bisamratte."

"Ach,Se sin woh ausen Wesdn? - guggense sich die dreggche Briihe unsrer
Saale an - - die saachen bei uns immer,im Wesdn wern de Flisse verseichd;
meense der Hoofen gommd bis vom Wesdn jeschwomm,damidden bei uns ersch n
Fisch frißd? Also een Fisch in dr Saale,das heddch nich mehr jegloobd."

"Nuu mach doch hin Oddo,bis mir widdr in HO gomm,is widdr alles alle!"

"Du dumme Hebbe,ich hab dr doch gesaachd,is solln immer genuch Rasiergling
drheeme sein! Die Dinger doochen doch bei uns nischd,da brauch`ch fiir
jede Gesichdshelfde eene - also zwee´e, un ich hab nur noch eene. Un was
mach ich jez - he ?! Jaa im Wesdn - mid Bladin flambierd odr wie se im
Fernsehn immr saachn."

SÄCHSISCHES SCHLACHTEFEST

113

"Haamse schon geheerd,de Rende werd erheed - un in zwee Jahrn
sollmer eene Wasserleidung griechen"

"Jedzd hammf de Wasserleidung jegrichd,bloß manchmaa jehd se nich,
un dr Dregg vom Buddeln liechd ooch schon zwee Jahre da."

"Da haam Sie schon jemeend,da wächsd Gras iwwer die Sache mid den
Wasserleidungsdregg.Haha - haamse jesdern jeheerd,wie dr Erich Honeggr
de Arweedsmoral unsrer Arweedr in dr DDR gridisierd had?Der verschdehd
was von dr Arweed! - - wernse sehn,bald is dr Dregg weg!"

75

"Also das is zum godzen,immer wenn Schdromschberre is,jehd ooch de
Wasserleidung nich - - un der große Schdeen vom Buddeln,der den
Arweedern damals zu schwer war,liechd ooch noch da - - also,ich heem
nich uff,un mein Mann ooch nich."

"Na,ich ooch nich,das is Sache dr Jemeinde - - haamse schon jeheerd?
De Rende werd widdr erheed."

"Ja,un de Breise ooch."

"Nur juud Frieda,daß de de alden Zingbadewann uffjehoom hasd - - .
 Seid so viele iwwer de Osdsee abhaun,jibs geene Faldboode mehr
 zu goofen - - Mensch, hald bloß den Gombaß fesde,die jibs ooch
 nich mehr."
"Wenn hau mr denn ab?"
"Mir missen warden,bisses janz windstille is,un is Meer so ruhich
 wie hier uffen Fluß is. - - Ruder du maa Frau,ich hab schon Musgelgader."

"Ich denge du bisd Agdevisd,Baba?!!"

Eine halbe Stunde nachdem die Gäste Platz genommen hatten . . .

"Biddescheen?"
"Fiir meine Schwesdr aus dr BRD un fiir mich een judes Gännchen Gaffee."
"Also mr ham da -- : "Bliemchen Gaffee","Dobbelschwerder Gaffee",
"Gödderdrung" und neuerdings "Erichs Grönung halb & halb",von der
Volgsgammer sehr zu empfehlen."
"Nee,da bringse uns lieber Bliemchen -- un hamse Erdbeerguchen?"
"Nee,is alle."
"Madzguchen?"
"Is ooch alle - mir ham nur noch Hundeguchen,awwer wenn der Herr da
hinden sein Hund weider so fidderd,is der ooch bald alle - Schbaaß muß
sein meine Guudn,he he." _ _

"Bliemchen Gaffee" = man sieht durch den Kaffee die Blümchen der Tasse.
"Dobbelschwerder Gaffee" = man sieht durch den Kaffee die Meißner
                           Doppelschwerter der Untertasse.
"Gödderdrung" = Göttertrunk;man hänge eine Kaffeebohne an einem Zwirns-
                faden in die Sonne,so daß der Schatten ins heiße Wasser
                fällt (1o Min. ziehen lassen).

"Erichs Grönung halb & halb"=Erfindung Erich Honeckers(halb Bohne halb Mal

Eine halbe Stunde nachdem die Gäste das erste Mal gerufen hatten . . .

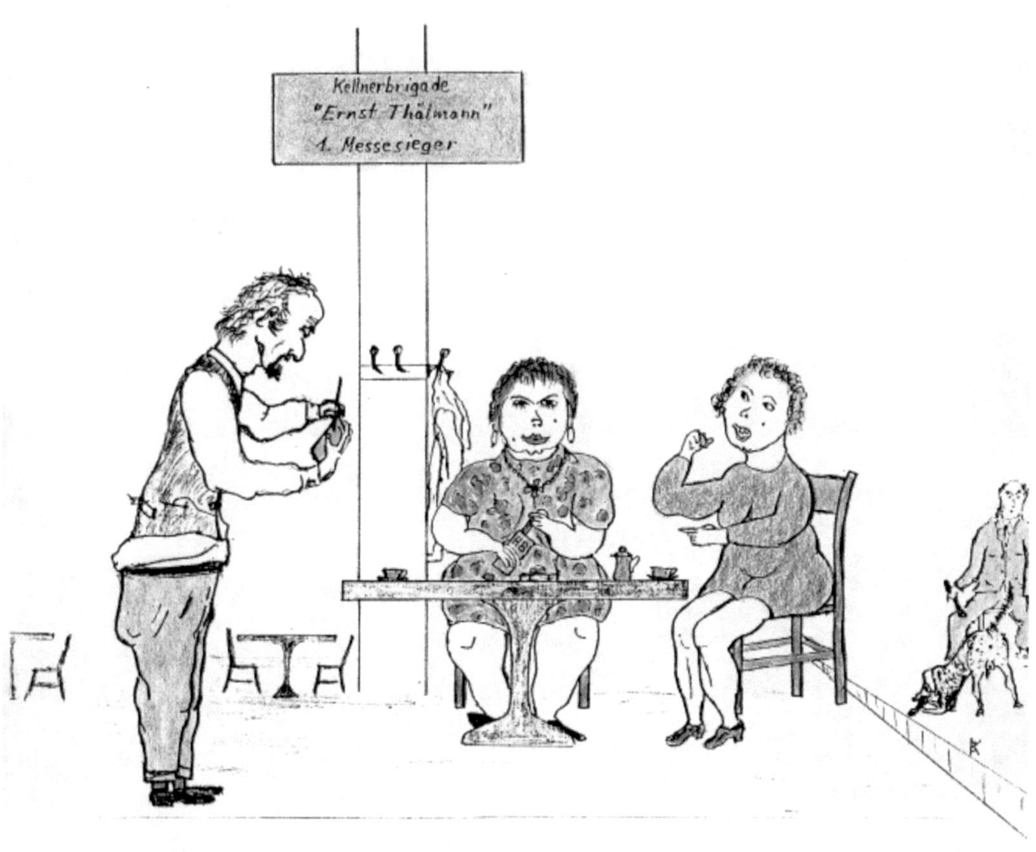

"Mr mächdn järn zahln, Herr Ober - - mr haddn een Gännchen Gaffee."
"Ich weeß, meine Guudn - - na, had dr Gaffee weenichsdens jeschmeggd?"
"Ich wirde saachen: juud heeß un reichlich weenich."
"Un Sie, meine Guude ausn Wesdn?"
"Ich würde saachen: dünn, awwr gräfdch."
"Das is ne ährliche Meenung, meine Guudn, die heerd mr jern."

      DER SACHSE, DER IS HELLE,

      DAS WEESS DE JANZE WELD

      UN WENN EEN SACHSE DÄMLICH IS,

      DANN HADDR SICH VERSCHDELLD.

"Diesmaa sin de Zwiebeln awwr scheen. - - Was haamse jesaachd? ein Gilo?"

"Een Gilo."

"Ein Gilo - - scheen,nichwahr?"

"Haamse ooch Gnooblauch? Dr Arzd hadd zu meim Mann jesaachd,er soll viel
 Gnooblauch essen,weechen Bluuddrugg."

"Nee,Gnooblauch hammr nich.Awwr lassense sich doch ausn Wesdn welchn
 schiggn,da jibds soon janzen Zobb.Ich laß mr ooch immr schiggn."

"GENOSSEN, GOLLEECHEN !!! WIR VERABSCHEUEN DIE CHINESISCHEN
GRIECHSDREIBER,DIE DAS FRIEDLIEBENDE VIEDNAMESISCHE VOLG
VERNICHDEN WOLLEN ! ! !

    HURRRAAAAA ! ! !

"Genosse Reedner! - Is dr schon das Dransbarend dord rechds hinden
 uffjefalln ?"

"Wergsschudz hinschiggen! verhafden!"

"Das genn mr nich - das Schild wanderd."

"Was solln das heeßen? Da sin doch viele Genossen drunder!"

"Ich weeß,wie das jehd. Da saachd der,der das Dransbarend had und
 jemergd had,was da drufffschdehd,einfach zum Nächsden: Golleeche,
 hald maa een Momend das Dransbarend,ich muß maa seechen jehn."

122

"Na ? Was suchen Sie denn hier ?"

"Na Bummchen fiir meine Ganienchen."

"Wissense ooch,daß die Volgseichenduum sinn?!"

"Was,de Bummchen ooch?"

"Na glaar - alles wasse hier sehn,is Volgseichenduum,ooch de Bummchen - - also
   jeden DDR Bircher schdehd sein Bummchen zu un Sie rubben sich gleich een ganzen
   Hoofen. Also bei legalem Vorgang mißde erschd de Volgsgammer endscheiden,ob Se
   sich Bummchen holn derfen oder . . . "

"Se ham woh nich alle Schwalm im Nesd,Wachmeesdr !"

"Sinse vorsichdch Frau Jahn,das is Beamdenbeleidchung!!"

"Haamses schon jeheerd? Mr erzähld sich,dr Gonsum zied naachn Wesdn um,
 darum sin de Regale so leer."

"Achwoo? Is beschdimmd widdr een Widz, hahaha. Ich hab dies Jahr noch
 nischd fiir Weihnachdn - - is jibd geene Schogolade un geene Abbelsien
 mehr.Zum Gligg gibds wenichsdens noch Fleesch,awwr mein Bruder,dr Schäfer,
 schlachd ja sowieso een Hammel,nichwahr.Na,un wennse maa de Schafe zähln,
 da issr ähm wegjeloofn."

"Saachemaa Elegdrigger,was habd ihr denn fiirn Misd gebaud? Ich bin gaum in
mein Heischen einjezoochen,da is schon de Leichdschdofflambe gabudd.Un da
habch eire Schwarzarweed noch in Wesdjeld zahln missen!"

"Nanuu maa langsam - - was issn mid dr Lambe?"

"Na gomm nur ruff un gugge nach! Eenmaa brennd se,dann jehd se widdr aus,dann
brennd se widdr. . ."

"Achsoo - - da is mr alles glar.Das liechd am schlechdn Schdrom,mein Guudsdr,
wenn hier een großer Schdromverbraucher in dr Nähe is - een Gombinaad oder
so - un der schalded voll ein,da brichd deine Schbannung zusamm,das heeßd,de
Gliihlamben wern dungler un de Leichdschdofflamben jehn aus."

"Gammr da nischd machn?"

"Heechsdens,du schaldsd de Lambe iwwr een Schdromreechler wie in Fernseher."

"Gugge,jedzd brenndse widdr."

Geld statt Sozialismus
CSU
SED
Sozialismus auch im Himmel
"Nuu verbibschd - was suchen Sie denn hier oom?"
"I bin a katholischer Bayer, Sie protestantischer Saupreiß!"
"Ich bin geen brodesdandischr Breiße - ich bin een sozialisdschr Sachse, Sie Gaggarsch!"
"Holt dei Fotzn, Saubär greislicher!"
"Ich laadsch dr gleich eene, du elender Greebel!"
"Gscherte Ruam gscherte!"
"Du Schdachelbeerförschder - du Schei - - - !"
"NA NA NA , WIR SIND HIER IM HIMMEL!"

Hochdeutscher Text zu den Bildern

Seite 43

„Der Brigadier (Vorarbeiter) hat gesagt, dieses Jahr sind die Rüben zu klein für die Rübenerntemaschine."
„Glaub doch das nicht Lotte, die haben nur keine Ersatzteile."
„Warum hast du denn heute keine Schlüpfer an?"
„Meinst du, ich will die blöden Fliegen immer im Gesicht haben!"

Seite 45

„Eberhard, komm rein essen, wir haben schon gegessen!" (sächs: geessen)
„Was gibts denn, Mutter?"
„Im Konsum gab es heute Fleisch, mein Gutster (Bester)."
„Ich komme, Mutter."

KINDERHORT-AUSFLUG Seite 46

„Fräulein Gudrun - - gucke mal, Pferdeäpfel."
„Ja - - haha, Kinder, die sind selten geworden - - naja, die guten Pferde kommen eben mit der rasenden Entwicklung unseres sozialistischen Fortschritts nicht mehr mit. Heute machen nur noch unsere Traktoristen (Traktorfahrer) viel Mist. Wer von euch will später mal Traktorist werden?"
„ICH."

KARTOFFELKÄFER-SUCHAKTION Seite 47

„Ich habe keine Lust mehr, Herr Agronom. - Ich will meine zwei Mark für die zweihundert Kartoffelkäfer."
„Das sind höchstens hundert Käfer, da kriegst du nur eine Mark."
„Da laß ich sie eben wieder fliegen."
„Das ist Sabotage, du Flegel - die haben die Amerikaner abgeschmissen, gib sie her!"
„Sie können mich mal am Arsch lecken - suchen Sie selber Ihre Sabotage."

DÖRFLICHE IDYLLE Seite 48 u. 49

„Baut auf baut auf baut auf baut auf, Junge Pioniere, baut auf . . ."
(Beliebte jugenderzieherische Hymne in der DDR. Die Jungen sollen aufbauen, was die Alten kaputtschlagen oder verkommen lassen.)

SÄCHSISCHER KINDERFASCHING Seite 50

FITSCHE FITSCHE GRÜNE, WIR WOLLEN ETWAS VERDIENEN . . .
ICH BIN DER KLEINE KÖNIG, GEBT MIR NICHT ZU WENIG. LASST MICH NICHT ZU LANGE STEHN, ICH WILL EIN HÄUSCHEN WEITER GEHN.

„Schön singt ihr, meine Kleinen - wer seid ihr denn?"
„Ich bin der Winnetou, mein Freund ist der Gaddhafi und mein Bruder im Wagen ist ein Neger."
„So - ein Neger?"
„Ja, der Karl Heinz ist ein Neger."
„Ach, der kleine Karl Heinz ist das - hehehe - schön - - na, dem schmecken aber die Pfannkuchen (Berliner). Da, meine Guten, habt ihr jeder eine Westmark, da könnt ihr euch im Intershop ein bißchen Kaugummi kaufen."
„Oooooh - - danke."
„Mensch Oma! Verschenke doch nicht das gute Westgeld! Da Kinder, habt ihr paar schöne Pfannkuchen."
„Ach du mit deinen Pfannkuchen - - Pfannkuchen haben sie genug - - darüber freuen sich doch die Kinder nicht mehr - - nehmt nur das Westgeld, meine Guten."

127

„Meine auch - das sind die Letzten - es soll in der ganzen Republik (DDR) keine mehr geben.“
„Wenn die nur mal den Strom wieder einschalten täten.“
„Die Streichhölzer gehen auch zur Neige. - - Morgen sollen zwei Genossen in den Wald fahren, Kienspäne holen.“

Seite 59

„Nun - was tust du denn da, Karl Heinz?“
„Na, die Wasserleitung auftauen. Weil der Kretschmar ausgezogen ist und die Wohnung leer steht, ist sie bestimmt eingefroren - - und das eine Rohr geht zu mir hinauf. Ich habe mit dem Dietrich das Schloß aufgemacht.“
„Aber Karl Heinz, es ist doch Stromsperre, da läuft das Wasser auch nicht - die Pumpen, verstehst du? - - Paß auf, verbrenne mir nicht den Bart! Meine Frau tut schon mit Schnee kochen.“
„Ach was - ist`s wahr?“

BONZEN UNTER SICH   Seite 60
„Wer hat uns denn den Rotkäppchen hergetan? (Beliebtes DDR-Volksgetränk aus Freyburg.) So etwas trinken wir doch nicht - - hehe, da hat sich vielleicht einer einen Spaß erlaubt.“
„Mach dir nichts draus, Erich (Honecker), der Genosse Leonid (Breschnew) hat uns ja zu Weihnachten Krimsekt geschenkt und die warmen Pelzmützen, damit wir in der Energiekrise nicht frieren.“
„Ja, rücke nur bißchen näher, Willi (Stoph), da halten wir uns warm - - trotzdem habe ich daraus die Lehre gezogen, daß wir mit unserer Braunkohle alleine nicht mehr auskommen. - - Ich erwäge, vom Genossen Helmut (der rosarote Schmidt), ich meine von der BRD, ein Kernkraftwerk zu kaufen - - natürlich wieder von ihren eigenen Devisen. Was meinst du dazu Willi?“

Seite 61

„Was machst denn du da, Alter?! Hast du im HO Briefumschläge gekriegt?“
„Ach was! Deswegen tu ich ja welche schnippeln. Der Verkäufer im HO hat gesagt, seitdem es jetzt Klopapier und auch wieder Packpapier gibt, gibt es kein Briefpapier und keine Umschläge mehr (nur noch kalte Umschläge). Aber ich schreibe denen im Westen, wenn sie uns kein Briefpapier schicken, können wir nicht mehr schreiben. Und die Schere schneidet auch nichts und der Kittefix klebt auch nichts - - komm Alte, mache deinen Mehlkleister an!“
„Ich habe heute im Konsum kein Mehl mehr gekriegt, es war alle. Wollen wir bißchen Kunstbienenhonig nehmen, der klebt ja auch ganz gut.“
„Ja, kleben tut er gut. Jetzt müssen wir auch schon auf Klopapier schreiben!“

Seite 62

„Also, jetzt versuche ich es nochmal - zuerst mit der Zunge - klebt nicht. Dann mit Kittefix (Klebstoff) - der klebt auch nichts. Also Alte, mache deinen Mehlkleister an.“
„Du spinnst aber auch, kurz bevor wir ins Bette gehen, willst du noch die Briefe zukleben.“
„Quatsch nicht so blöde - - weil ich sie morgen früh auf die Post tun will.“
„Soll ich auch ein Ei hineintun?“
„Wir machen doch keinen Kuchen - - obwohl, ein Kackei klebt ja auch - - ach, schmeiß eins rein.“
„Nur gut, daß du immer einen Stapel Briefe zusammenkommen läßt, daß es sich auch lohnt. - - Warum die wohl bei uns keinen richtigen Kleber machen können?“
„Na, ganz einfach, die wollen die Briefe lesen, die in den Westen gehen - - aber unsere nicht!“

DAS PÄCKCHEN IN DEN WESTEN   Seite 63
„Der Verkäufer im HO (DDR Kaufhaus) hat gesagt, seitdem es Klopapier gibt, ist es aus mit dem Packpapier. Aber das war ja deine dumme Idee, Hausmacher Würste in den Westen zu schicken. Man muß sich ja schämen.“
„Quatsch doch nicht so blöd, Alte, die werden denken, unser Packpapier ist so gut, daß man es auch als Klopapier nehmen könnte.“

„Jaja Miez, du kriegst ja ein Stückchen Wurst. Das hätte ich dir können gleich sagen, daß die an der Kontrolle das Päckchen mit der Hausmacher-Wurst in den Westen wieder zurückschicken. Warum wir wohl keine Wurst schicken dürfen?"

„Na, die haben Angst, wenn das jeder machen täte, daß es dann bei uns in der DDR nichts mehr zu fressen gibt. Aber ich schicke das Päckchen nochmal weg und wickel die Würste diesmal mit Silberpapier ein, da sehen sie nichts beim Durchleuchten."

„Ach, die haben doch Hunde, die daran riechen, und wenn die bellen, ist Wurst drin - - so dumm sind Unsere nun auch nicht."

„Da tu ich eben noch Parfüm rein."

„Ach höre auf, du Quatschkopf."

VORM WUCHERLADEN

„Ohhh, im Wucherladen sind die Regale voll - und die Aufmachung, wie im Westen. Ohhh, kucke mal, da gibts Tomaten - achtzehn Mark das Kilo, das kann sich ja nur ein Bonze leisten - und im Konsum sind sie ausverkauft und der frische Salat hat schon geschossen."

„Pssst - da steht der ABV." (Abschnittsbevollmächtigter - Volkspolizist)

„Seit wann geht man denn mit der Katze auf der Straße spazieren?!"

„Die Katze ist genauso ein Volkseigentum wie Ihr Köter und darf auf die Straße."

„Sagen Sie nicht Köter! - das ist ein Volkspolizeihund!!"

„Siehst du, es war doch gut, daß wir nach Leipzig gefahren sind, hier kriegt man bestimmt was für Weihnachten, hier sieht man viele Schlangen stehen. Stelle du dich gleich da drüben in die Schlange, Alter."

„Was soll ich denn kaufen, wenn's was gibt?"

„Egal was es gibt, du nimmst ein Kilo und bei Salzheringen zwei Kilo."

„Und wenn es Bier gibt?"

„Dann nimmst du zwanzig Flaschen."

„Und wenn es bloß Diabetikerbier gibt?"

„Dann nimmst du nichts, das kriegen wir bei uns im Konsum auch."

„Du bist ja immer noch nicht drinnen?"

„Es sind keine Einkaufswagen mehr frei, ich muß warten, bis jemand rauskommt, dann läßt mich der Verkäufer rein. Na und du? hast du was gekriegt?"

„Ach was!"

„Was heißt, ach was?"

„Ach, das war eine Pinkelbude, wonach sie schlangegestanden sind, aber ich mußte sowieso einmal."

„Sooo - hähähä - da sind Sie also auch Rentner geworden? Da kriegen Sie nun auch den VEB-Stempel hähähä - - schon erledigt, Sie können sich wieder anziehen."

„Warum VEB-Stempel, Herr Doktor?"

„Ich denke, wir sind jetzt Rentner und dürfen in den Westen fahren, Herr Doktor? Und nun machen Sie uns einen VEB-Stempel auf den Arsch."

„Na klar, dürfen Sie fahren - hähä - das soll ja auch nicht heißen VOLKSEIGENER BÜRGER, sondern, VOM ELEND BEFREIT - - hähähä."

EIN WIEDERSEHEN Seite 69

„Nanu Karin - wir haben uns ja seitdem wir aus der Schule sind nicht mehr gesehen. Du bist wohl Kindergärtnerin geworden?"
„Nein Lehrerin."
„Was, du? Nun, du warst doch damals in der Schule nicht gerade die Hellste."
„Ich bin damals gleich in die Partei (SED) eingetreten - - na und du, du warst doch damals der Schlauste?"
„Das siehst du doch, ich bin Maurer geworden."
„So Kinder, da seht ihr unsere Bauarbeiter - - ohne die kann kein sozialistischer Staat existieren . . ."

PRIORITÄT, STATUS ODER LAGERSCHWIERIGKEITEN ? Seite 70

„Hier können Sie nicht parken - nur Kraftfahrzeuge aus der BRD."
„Warum denn?"
„Das sehen Sie doch, hier hat die LPG (Landwirtschaftliche Produktionsgenossenschaft) ihren Weizen gelagert."
„Wohl damit die Westdeutschen sehen, daß die ihren Plan übererfüllt haben?"
„Fragen Sie nicht so blöde! fahren Sie weiter!"

UNTER DEM BANNER Seite 71

„Kennst du den? Da haben sie in Berlin auf dem Alex (Alexanderplatz in Ostberlin) einen Wohnblock gebaut und die Toiletten vergessen. Da hat der Staatsrat gesagt: Da kann man trotzdem einziehen. Im ersten Stock macht man die Kinderkrippe, die machen noch in die Windeln. Im zweiten Konsum und HO, die bescheißen sich gegenseitig. Im dritten Stock die Partei, da darf sowieso keiner austreten und ganz oben das ZK (Zentralkomitee), die fahren ja wegen jeder Scheiße nach Moskau."

GLÜCK GEHABT Seite 72

„Opa gucke mal, im Konsum da gab es heute richtiges Eis."
„Oooch - ist's wahr, meine Kleine?"

DAS BAD Seite 73

„Gucke mal Mutti, der dürre Dieter hat aber einen langen Schnullhahn."
„Laß deinem Bruder sein Ding in Ruhe! Ach, es würde Zeit, daß wir eine Neubauwohnung bekämen mit einem richtigen Bad - - ihr seid doch schon viel zu groß, und dann die kleine Badewanne."
„Hihihihi - - laß los, du blöde Hexe!"

NACH DER FLUCHT MIT EINEM HEISSLUFTBALLON Seite 74

Redner: „. . . WENN MAN SICH UMGUCKT, WAS WIR SCHON ALLES IN DEN 30 JAHREN ERREICHT HABEN. - - UND NUN SPIELT ZUM AUFTAKT DIE FDJ-KAPELLE UNTER DER LEITUNG DES GENOSSEN JOST."

„Nun sagen Sie mal Genosse, Sie wissen doch genau, daß es neuerdings verboten ist, einen Ballon steigen zu lassen, der größer ist als zwanzig Zentimeter. Lesen Sie nicht die Freiheit?(Zeitung). Na, da wollen wir zum dreißigsten Jahrestag gleich mal die Amnestie walten lassen und von einer Strafe absehen - - aber den Ballon muß ich vernichten."
„Opa, mein Ballon ist beinahe so groß wie der, den sie letztens im Westfernsehen gezeigt haben - he? Heh Zistrich (Polizist), laß meinen Luftballon los!"

SÄCHSISCHE EINSCHULUNG Seite 75

„Wer ist der Franz Josef Strauß? - Inge!"
„Ein Kapitalist."
„Gut - und wer ist der Erich Honecker? - Bärbel!"

„Dem gehört unser Land.“

„Auch gut - und wer ist der Herr Breschnew? - Bernhard!“

„Ein Rußki (Russe).“

„Das heißt Sowjetmensch, Kinder! und warum sind die Sowjetmenschen bei uns ? - Erika!“

„Mein Opa hat gesagt, die haben früher auf unserem Feld Kartoffeln gekla...“

„Weil sie unsere Freunde sind, Kinder“

AUTOBAHNKONTROLLE Seite 76

„Seitdem der VEB-Straßenbau nur die Überholspur ausgebessert hat, kassieren wir täglich das Doppelte.“

„Der Genosse, der Neue, hat dem Verbesserungswesen vorgeschlagen, daß die, die links fahren wollen, gleich an der Grenze eine Gebühr bezahlen. Dadurch werden die Organe (Beauftragten) der Volkspolizei entlastet.“

AN DER GRENZE - SCHON VERDÄCHTIG Seite 77

„Gucken Sie mal, Genosse Kommissar, der heißt ja auch Franz Josef - ob der womöglich mit dem anderen verwandt ist?“

„Nun - auf jeden Fall gucken Sie sich den Wagen mal genauer an. Ich werde von dem inzwischen zwanzig Mark kassieren, wegen zu schnellem fahren.“

Seite 78

„Melde gehorsamst, Genosse, wieder ein neuer Schüler! Der behauptet, der war schon mal in unserer Schule.“

„Ist gut, Genosse.“

„Wenn ich mir eine Frage erlauben darf, Genosse?“

„Was gibt es?“

„Schreiben Sie doch ein Zeugnis in den Reisepaß, es wäre besser.“

„Der Vorschlag ist gut, Genosse, ich werde ihn mal weiterleiten an das Ministerium des Innern. Und nun gehen Sie wieder auf Ihren Posten!“

„Jawohl, Genosse!“

VOLKSARMIST AN DER MAUER Seite 79

„Mensch, nehmen Sie ihren Kopf da weg! - - Sie sollen Ihren blöden Kopf von demokratische (er liest „drahtische“) wegnehmen!!! Ich werde Sie degradieren!! Wollen Sie mich vielleicht veralbern, Sie mieser Schütze?!! Hoffentlich sind Sie bald fertig mit dem festnageln! - - Sie brauchen mit dem Hammer garnicht so fest zu klopfen, da kommen Sie sowieso nicht durch - und ich bin ja auch noch da!“

PORTRÄT EINES AKTIVISTEN Seite 80

„Wir sind vom Westfernsehen und möchten Sie um ein kurzes Interview bitten: Wie wird man Aktivist?“ (Es ist alles schon einstudiert.)

„Also äähh, na ja, wenn Sie mich so direkt fragen, machen Sie mich ganz verlegen. Also erst mal die Abzeichen in meinem Knopfloch hier, da müssen sie drin sein, nicht wahr, in der Partei und so, nicht wahr. Na, und die linke Pfote muß wissen was die rechte tut, nicht wahr. Na, und was das Wichtigste ist, man muß zehnmal so schnell arbeiten als die übrigen Kollegen - - na, man kann sagen, so schnell wie ihr im Westen. Na, früher habe ich in „Schwarze Pumpe“ (DDR-Fabrik) gearbeitet, aber heute bin ich Leuna Arbeiter (DDR-Fabrik). Naja, nun - - und da habe ich nun die Aktivistennadel (Abzeichen) geschenkt gekriegt und das Andenken hier und einen Kasten Bier - - na, ist das nicht schön, sagen Sie mal?“

„Wir danken Ihnen Herr - - äähh.“

„Jüttner ist mein Name, Jüttner, mein Guter.“

Leina Belzer = Leuna Arbeiter

FDGB = Freier Deutscher Gewerkschaftsbund

DSF = Deutsch Sowjetische Freundschaft

SÄCHSISCHE GRILL-PARTY   Seite 81

„Na, mal sehen, ob wir diesmal Glück haben, Achim ist in Halle, Rostbratwürste holen, Heinz bringt gerade
einen Eimer Bier aus der Kneipe, die hatten keine Flaschen mehr, und Brigitte hab ich in den HO (Kaufhaus)
geschickt wegen Holzkohle. Du, Karl Heinz, gucke mal, ob wir überhaupt Streichhölzer haben. Oma, ißt du
auch eine Bratwurst?"
„Ihr kriegt ja gar keine Würste, die fressen doch die Russen!"
(Die Oma nimmt da kein Blatt vor den Mund.)

PROST NEUJAHR!   Seite 82

„Kennt ihr den schon? - - Da mußte der Breschnew beim letzten DDR-Besuch wegen Bauchschmerzen operiert
werden, und als er plötzlich aus der Braunkohle-Narkose aufwacht, sieht er, wie sie den Präsident Carter und
den Honecker aus seinem Bauch holen und sagt: Also, daß ich den Carter gefressen habe, das weiß ich, aber
der Honecker, der muß mir wohl in den Arsch gekrochen sein."

TRAURIG ABER WAHR   Seite 83

„Erst war ich in Halle, wo du gesagt hast - die hatten keine und haben mich nach Leipzig zum Fachhandel
geschickt - dort hatten sie auch keine Sicherungen und die haben gesagt, da muß ich nach Berlin fahren. Nein
- wegen paar Sicherungen fahre ich da nicht hin."
„Mensch Walter, bleib doch in der Tür stehen mit deiner nassen Rapsplane! (Regenmantel) Da - - deine
Sicherungen habe ich geflickt mit dem dünnsten Aluminiumdraht (Kupfer ist rar) den ich hatte."
„Meinst du, die halten?"
„Das kann sein, daß sie länger halten als deine Möbel."
„ ? ? - - Der Meister dort hat gesagt, seit sie in der Republik (DDR) mehr Strom erzeugen, kommen sie mit der
Produktion von Sicherungen nicht mehr nach."

RENNFAHRER   ABER JETZT WIRD'S LAUT!!!   Seite 84

„Frau, halte die Eier fest, wir überholen jetzt mal den Westwagen!!!"
„Mensch Erich, paß auf die Schlaglöcher auf!!!"
„Ach was, jetzt werd ich dem mal zeigen, wie fix wir sind!!!"
„Papa, wieviel Sachen haben wir denn drauf?!!!"
„Ich kann bei der hohen Geschwindigkeit nicht mehr auf den Tachometer gucken, Kleine - aber ich glaube,
hundertzwanzig Sachen (er lügt) fahren wir!!!"
„Ooooo!!!"

EIN HARTER WINTER   Seite 85

„Haben Sie lange, dicke Unterhosen da?"
„Ja, haben wir. Welche Größe?"
„Achtundvierzig."
„Achtundvierzig haben wir nicht mehr, nur noch zweiundfünfzig - aber Sie können sie ja kürzer machen und
den Gummi enger. - - Haben Sie überhaupt die Bescheinigung dabei?"
„Was für Bescheinigung?"
„Na, von Ihrem Betriebsleiter, daß Sie im Winter im Freien arbeiten müssen."
„Die braucht man wohl?"
„Ja, nur auf die Bescheinigung kriegen Sie lange, dicke Unterhosen. Na, das müssen Sie doch wissen - Beschluß
vom letzten Parteitag."
„Gucke mal, die hat auch Niethosen an und die ist ganz schön dick - und du sagst immer, ich bin schon zu alt
und zu quadratisch."

NUN WIRD'S ABER ZEIT   Seite 86

„Ilse!!! - - - Ilse!!!!! - bringe mal schnell einen Eimer heißes Wasser, ich bin angefroren."
„Ich komme ja schon - - ach, ein Innenklosett wäre ja so schön, aber ihr kriegt ja nichts fertig - - Transparente
malen könnt ihr, ihr Parteigenossen."
„Quatsch keinen Mist, du hast ja gar keine Ahnung von Politik!"
„Eins weiß ich, die rote Farbe und das Maul gefrieren euch nicht ein."

Seite 87

„Also, ich esse ein Rostbrätel. . ."
„Horcht einmal her, noch ein Witz: Ihr kennt doch Laos? Also, da war doch mal der Erich Honecker zum
Staatsbesuch in Laos und die haben doch dort noch einen König. . ."
„Was, einen König haben die noch?"
„. . . Unterbrich mich doch nicht dauernd! Also, die haben dort noch einen König und der hat sich beim
Empfang dem Honecker vorgestellt: ICH BIN DER KÖNIG VON LAOS. Und da antwortet der Honecker
geistesgegenwärtig: UND ICH BIN DER ERICH VOM CHAOS."
„Hahahahahahaha. . ."

IN DER BRAUEREI   Seite 88

„Mmmmmmmaaaahhh - ist das gut."
„Mensch Paul, du leckst dir ja schon wieder den Schaum von der Nase."
„Ein schönes Bier ist das, Meister, und das muß ich ausnützen, solange ich an der Quelle arbeite - kaum bist
du aus dem Betrieb draußen und gehst in die nächste Kneipe ein Bier trinken, da haben sie keins mehr, herrje.
Und da tun wir das Soll mit zwanzig Prozent übererfüllen - - also nein!"
„Es ist eben heiß und die Leute saufen viel."
„Es ist eben heiß - - daß ich nicht lache, Meister - - es ist auch nicht heißer als im Westen und da kriegen sie
immer zu saufen."

DIE GLÜHLAMPE BRINGT ES AN DEN TAG   Seite 89

„Liebe Genossen, liebe Kollegen - - ich freue mich, euch mitteilen zu können, daß wir unseren Plan der
Stromerzeugung um zwanzig Prozent übererfüllen konnten - - - Kollege Wagner, gucken Sie doch mal, ob
eben die Birne kaputt gegangen ist?!"
„Nein Meister, wir haben die Notlampe ja so geschaltet, daß sie nur bei Stromsperre aufleuchtet."

BEFRAGUNG EINES MESSEBESUCHERS (Wurde geschnitten)   Seite 90

„Wo kommen Sie denn her?"
„Aus Leuna." (Leuna-Werke, bei Merseburg, Halle)
„Was ist Ihr Beruf?"
„Ich bin Werktätiger."
„Und was hat Ihnen an der Leipziger-Messe am besten gefallen?"
„Hier kriegt man endlich wieder mal Kartoffeln zu essen."
(Durch die vielen ausländischen Messebesucher werden zur Zeit der Leipziger-Messe in der DDR die Kartoffeln
rar, weil die so viele Kartoffeln essen um satt zu werden. Viele Sachsen gehen also auf die Messe nur zum
Kartoffelessen.)

Seite 91

„Sie haben zwar in allen Fächern eine Eins geschrieben, aber auf die Hochschule dürfen Sie ja nicht, das
wissen Sie ja."
„Warum denn nicht?"
„Na, weil Ihr Vater Pastor ist - - Intelligenzler, verstehen Sie - - nur Arbeiterkinder. . ."
„Aber Herr Oberlehrer, das Fräulein Stoph darf doch auch - - wo bleibt denn da die sozialistische
Gleichberechtigung?"

134

„So können Sie das nicht vergleichen - gucken Sie, die Äpfel sind auch Volkseigentum und Sie dürfen sich keine vom Baum holen."
„Und das muß sich der Goethe anhören!"

SELBSTERZIEHUNG EINES KONSUMFREUDIGEN DDR-BÜRGERS Seite 92
„Guten Tag Kneiper (Gastwirt)."
„Guten Tag Erich - warum tust du denn jetzt jeden Tag hier laufen und kommst nicht mehr in die Kneipe?"
„Da gab es letzten Freitag Pullover im Textil-Kaufhaus - - ich bin mit meiner Kleinen gleich hingelaufen, doch als wir hinkamen, waren sie alle. Das nächste Mal müssen wir schneller sein."
„Los Vati - noch eine Minute, dann hast du Rundenrekord!"

HEILIGABEND Seite 93
„Dominik - - gucke was dir der Weihnachtsmann aus dem Westen mitgebracht hat - Kaugummi. Huch, falle nicht hin, Kleiner. Manfred, mache doch mal den Fernseher aus, der Professor Klick kommt."

(Prof. Klick = Spitzname für Karl Eduard v. Schnitzler, politischer Hetzer im Ostfernsehen zu vergl. mit Löwenthal im Westfernsehen. Prof.Klick, weil dann der Fernseher Klick macht.)

SELBSTHILFE TUT NOT Seite 94
„Beeile dich doch Kleine, der Opa hält ja schon eine Stunde den kaputten Wasserhahn zu!"
„Da kann ich doch nichts dafür - der Herr Kohl hat auch keinen Wasserhahn gehabt, der hat ihn erst vom alten Mähdrescher abgebaut."
„Weil sie so dürr ist und nichts frißt - und mit den hohen Latschen aus dem Westen kann sie erst recht nicht laufen."
„Hast du gehört, was der Opa sagt!?"

MAN BAUT IN SACHSEN Seite 95
„Wir haben bloß noch einen Sack Zement, Heinrich - - und die im Zementwerk haben gesagt, ich soll in 14 Tagen wieder mal vorbeigucken. Im nächsten Fünfjahresplan (gesetztes Ziel zur Planerfüllung) soll es jede Woche Zement geben, hat der Brigadier (Vorarbeiter) dort gemeint."
„Ich habe mal gehört, früher haben sie mit Ochsenblut und Kuhscheiße gemauert, ob wir es auch mal probieren?"
„Wir haben auch nur noch drei Steine - - aber ich glaube, daß ich bis in fünf Jahren (positiver Denker) in meinem Häuschen drin bin."

AM IMBISS Seite 96
„Keine Rostbratwürste mehr da? - - keine Broiler (Brathähnchen) ?"
„Nein, nur noch Bockwurst ohne Darm."
„Willst du eine ohne Darm, Kleiner?"
„Pfui - - nein, so etwas fresse ich nicht!"

PARKFEST Seite 97
„Warum quäkst (weinst) du denn Heinz?"
„Da habe ich eine halbe Stunde nach paar Broiler für uns angestanden und als ich drankam, waren sie alle - - nur noch ein Bein hatten sie."
„Mach dir doch nichts draus, wir schicken Ingriden (Ingrid) heim, paar belegte Brote holen."
(Weil bald alles alle ist.)

BEGEHRENSWERTE KLEINIGKEITEN Seite 98
„Für den Tiger krieg ich bestimmt fünf Westmark."
„Für den Stern krieg ich mehr."
„Gucke mal, was der für Stiefel anhat."

ERSTER MAI Seite 99

„ . . . und hier zwei hervorragende Taten zur Verschönerung unseres Dorfes. So hat unser bereits siebzigjähriger Genosse Gosrau hier, in selbstlosem Einsatz die ersten dreißig Meter Gehwegplatten unseres Dorfes rechtzeitig bis zum 1. Mai verlegt (Es blieben die einzigen Platten zu DDR-Zeiten.), und der Sportfreund Dinger hat vierzig Meter der Wege unseres schönen Parks hier vom Unkraut befreit. . ." (Es blieben die einzigen Meter zu DDR-Zeiten.)

ENTWICKLUNGSHILFE Seite 100

„Da sagen die im Westfernsehen immer, unsere würden Waffen als Entwicklungshilfe nach Afrika schicken - es stimmt ja auch, da fahren ja die Kanonen - - aber hier im Fernglas sehe ich, daß die im Westen auch Panzer transportieren, ich kann nur das NACH AFRIKA nicht richtig deutlich sehen."
„Komm Karl, höre auf zu gucken, der Meister hat gesagt, wir sollen laufend arbeiten und die blauen Mützen nicht abtun, sonst fängt die NVA (Nationale Volksarmee) auf dem Wachtturm an zu ballern (schießen)."

Seite 101

„Alte gucke mal, was mich da auf dem Bauch krabbelt."
„Ach - da sitzt bloß ein Marienkäfer auf deinem Bauchnabel."

Seite 102

„Mama!!! die hat meinen Kaugummi gemaust und jetzt frißt sie meine Suppe!"
„RUHE!!! - Oma, hau doch denen mal eine auf den Kopf! - - siehst du Klaus, so ist das bei uns, die Kinder streiten sich schon um einen Kaugummi - - ich bin ja durchaus für Marx, aber nicht für Murks - - die Dosen da auf dem Regal sind unser kleiner Beitrag zur Wiedervereinigung, hehe."

Seite 103

„Wo fahren wir denn hin?"
Ich habe mir gedacht, auf den Autoparkplatz, äh ich meine Autobahnparkplatz - vielleicht finden wir eine westdeutsche Zeitung."
„Oder wir können bißchen Westgeld tauschen - - oder wir finden paar leere Coladosen. . . ."   (In der DDR beliebt als Dekoration.)

Seite 104

„Gucke mal, eine Coladose."
„Horche mal, was hier steht - zwei junge Männer und ein Mädchen in NVA-Uniform geflohen. . ."

Seite 105

„Wie soll denn - - gluck gluck gluck, mmm aaah! - - der Kleine heißen?"
„Patrick."
„Patrick?, ist wohl der englische Name?, also nein - da habe ich heute lauter ausländische Namen getauft - - einen Elvis, einen Sylvio, einen Jonny - - dabei gibt es so schöne deutsche Namen wie Erich, oder Walter, oder Willy. Also Patrick, ich taufe dich im Namen des Vaters, des Sohnes und. . ."

IM TEXTILKAUFHAUS Seite 106

„Haben Sie noch Schmidtmützen (nach Helmut Schmidt) da?"
„Nein, es tut mit leid, aber gerade haben die drei LPG-Mädchen dort die letzten drei gekauft - die meinten, die Mützen sind so schön für die Feldarbeit - - aber wir haben echte sowjetische Pelzmützen da, wenn Sie. "
„Nein danke - wann kriegen Sie denn wieder Schmidtmützen rein?"
„Ich weiß es nicht - aber die Produktion läuft auf Hochtouren."

UNTER FREUNDEN Seite 107

„. . . , weil meine Frau in die LPG eingetreten ist, konnte ich das Häuschen kaufen - - für fünftausend, was meinst du, was das erst für eine Bruchbude war - - da hinten habe ich mir einen Swimmingpool gebaut - - in der Partei (SED) bin ich auch, die haben mich solange traktiert, mußt eben bei jedem Mist die rote Fahne raushängen. Ich habe alles selber gemacht und organisiert, man kriegt ja nichts - - das ist natürlich bei euch alles schöner." „ - - - - - -"

„Hast du schon gehört, der Honecker treibt uns jetzt auch an, da haben wir dann auch bald Arbeitslose, hehehe - - weißt du noch, wie wir früher da hinten immer zusammen Kirschen klauen waren? . . ."

Seite 108

„Guten Tag Achim!! - warum trampst du denn? dein Trabi ist wohl kaputt?"

„Na, was heißt kaputt - - die Batterie ist kaputt, ich gehe schon ein halbes Jahr nach einer neuen, aber es gibt keine."

„Wo willst du denn hin?"

„In die Stadt, einen Buntfernseher bestellen."

„Na, da steig ein - - da wirst du ja in fünf Jahren ein Buntfernsehen haben. . ."

Seite 109

„Gucke mal da, die Freunde."

„Weißt du eigentlich, was das CA auf den Russenkarren heißen soll?"

„Nein, so gut war ich in der Schule in Russisch nicht."

„Ich habe mal gehört, das soll Camping Alemagne heißen."

„Möglich, hehehe."

„Ob die einen Kasten Bier haben wollen, weil sie so winken?"

„Nein, die saufen doch nur Radeberger Pils, das was wir nie zu sehen kriegen."

UNFALL ZWEIER DDR VW-GOLF BESITZER Seite 110

„Verdammt nochmal, können Sie denn nicht aufpassen, Sie - - na nun, Sie sind doch der Vorsitzende von der Notenbank? (DDR-Bank) - wir sind doch zusammen am 1. Mai in der ersten Reihe marschiert."

„Und Sie sind der Vorsitzende von der Nationalen Front, nicht wahr? Entschuldigen Sie, ich habe da wirklich nicht aufgepaßt, man muß ja so viel im Kopf haben."

„Was machen wir denn nun? - es gibt doch keine Ersatzteile."

„Lassen Sie das mal meine Sorge sein, Sie kriegen selbstverständlich Westmark im Kurs 1:1 auf meiner Bank und den Schaden zahle ich natürlich auch. Für Westgeld kriegen Sie alles repariert. Ich glaube, die Weißen Mäuse (Polizei) brauchen wir nicht."

AN DER SAALE HELLEM STRANDE Seite 111

„Gucken Sie mal schnell her - passen Sie aber auf den Verkehr auf - gucken Sie, da drüben schwimmt eine Bisamratte mit einem Ast im Maul und da unten ist ein großer Fisch, der frißt an einem Scheißhaufen herum - - schlagen Sie die Bisamratte dort tot, da kriegen Sie vom Staat (DDR) dreißig Mark dafür!"

„————————"

„Ach, Sie sind wohl aus dem Westen? - gucken Sie sich die dreckige Brühe unserer Saale an - - die sagen bei uns immer, im Westen werden die Flüsse verseucht; meinen Sie, der Haufen kommt bis vom Westen geschwommen, damit ihn bei uns erst ein Fisch frißt? Also ein Fisch in der Saale, das hätte ich nicht mehr geglaubt."

VOR DEM EINKAUFSBUMMEL Seite 112

„Nun mache doch hin Otto, bis wir wieder in den HO (Handelsorganisation) kommen, ist wieder alles alle!"
„Du dumme Zicke, ich habe dir doch gesagt, es sollen immer genug Rasierklingen daheim sein! Die Dinger taugen doch bei uns nichts, da brauch ich für jede Gesichtshälfte eine - also zweie, und ich habe nur noch eine. Und was mache ich jetzt - he?! Ja im Westen - mit Platin flambiert oder wie sie im Westfernsehen immer sagen."

SÄCHSISCHES SCHLACHTFEST Seite 113

„Sage mal Fleischer, warum gibt es denn zur Zeit keine Därme und keine leeren Wurstdosen zu kaufen?"
„Ich weiß doch auch nicht Schäfer, vielleicht muß die DDR Thüringer-Wurst für den Autobahnbau in die BRD liefern. Kann ja sein, nicht wahr?"
„Schmiert euch nur dick drauf Jungens."
„Hast du denn nichts anderes als Gehacktes (Hackfleisch)?"
„Nein, es gibt doch keine Därme zu kaufen. Ihr seid doch Genossen, wißt ihr nicht warum?"
„Weil es euch Schäfern schon wieder zu gut geht."
„Ach so, die dreckige Arbeit wollte von euch keiner machen, aber fressen he!"
„Aber jedes Schwein hat doch Därme, Papa."
„Ja, die paar Würste fresse ich und die Mutti!"

LPG   „FORTSCHRITT" Seite114

„Haben Sie schon gehört, die Rente wird erhöht - und in zwei Jahren sollen wir eine Wasserleitung kriegen."
LPG = Kolchose

LPG   „FORTSCHRITT" Seite 115

„Jetzt haben wir die Wasserleitung gekriegt, bloß manchmal geht sie nicht und der Dreck vom Buddeln liegt auch schon zwei Jahre da."   (Wahrheit)

LPG   „FORTSCHRITT" Seite 116

„Da haben Sie schon gemeint, da wächst Gras über die Sache mit dem Wasserleitungsdreck. Haha - haben Sie gestern gehört, wie der Erich Honecker die Arbeitsmoral unserer Arbeiter in der DDR kritisiert hat? Der versteht was von der Arbeit! (ehemaliger Dachdecker) - - Sie werden sehen, bald ist der Dreck weg!"

LPG   „FORTSCHRITT" Seite 117

„Also das ist zum kotzen, immer wenn Stromsperre ist, geht auch die Wasserleitung nicht - - und der große Stein vom Buddeln, der den Arbeitern damals zu schwer war, liegt auch noch da - - also, ich hebe ihn nicht auf und mein Mann auch nicht."
„Na, ich auch nicht, das ist Sache der Gemeinde - - haben Sie schon gehört? Die Rente wird wieder erhöht."
„Ja, und die Preise auch."

FLUCHTPROBE ALS URLAUBSSPORT Seite 118

„Nur gut Frieda, daß du die alten Zinkbadewannen aufgehoben hast. Seit so viele über die Ostsee abhauen, gibt es keine Faltboote mehr zu kaufen - - Mensch, halt bloß den Kompaß fest, die gibt es auch nicht mehr."
„Wann hauen wir denn ab?"
„Wir müssen warten, bis es ganz windstill ist und das Meer so ruhig wie hier auf dem Fluß ist. - - Rudere du mal Frau, ich habe schon Muskelkater."
„Ich denke du bist Aktivist, Papa?!!"
Aktivist = Sozialistischer Arbeitsteufel

KAFFEEKLATSCH   Seite 119

„Bitteschön?“

„Für meine Schwester aus der BRD und für mich ein gutes Kännchen Kaffee.“

„Also wir haben da - - : Blümchen Kaffee, Doppelschwerter Kaffee, Göttertrunk und neuerdings Erichs
Krönung halb & halb, von der Volkskammer sehr zu empfehlen.“

„Nein, da bringen Sie uns lieber Blümchen - - und haben Sie Erdbeerkuchen?“

„Nein, ist alle.“

„Quarkkuchen?“

„Ist auch alle - wir haben nur noch Hundekuchen, aber wenn der Herr da hinten seinen Hund weiter so füttert,
ist der auch bald alle - Spaß muß sein meine Guten, hehe.“

Wie sagt doch der Sachse doch so treffend: Ohne Gaffee gämmer nich gämpfen, awwer sieße musser sinn.
(Inzwischen werden Sie ja Sächsisch können.)

KAFFEEKLATSCH   Seite 120

„Wir möchten gerne zahlen, Herr Ober - - wir hatten ein Kännchen Kaffee.“

„Ich weiß, meine Guten - - na, hat der Kaffee wenigstens geschmeckt?“

„Ich würde sagen: gut heiß und reichlich wenig.“

„Und Sie, meine Gute aus dem Westen?“

„Ich würde sagen: dünn, aber kräftig.“

„Das ist eine ehrliche Meinung, meine Guten, die hört man gern.“

SCHON EINBILDUNG   Seite 121

„Diesmal sind die Zwiebeln aber schön. - - Was haben Sie gesagt? ein Kilo?“

„Ein Kilo.“

„Ein Kilo - - schön, nicht wahr?“

„Haben Sie auch Knoblauch? Der Arzt hat zu meinem Mann gesagt, er soll viel Knoblauch essen, wegen dem
Blutdruck.“

„Nein, Knoblauch haben wir nicht. Aber lassen Sie sich doch aus dem Westen welchen schicken, da gibt es so
einen ganzen Zopf. Ich lasse mir auch immer schicken.“

                                                                            Seite 122

„GENOSSEN, KOLLEGEN!!! WIR VERABSCHEUEN DIE CHINESISCHEN KRIEGSTREIBER; DIE DAS
FRIEDLIEBENDE VIETNAMESISCHE VOLK VERNICHTEN WOLLEN!!!“

HURRRAAAAA!!!

„Genosse Redner! - Ist dir schon das Transparent dort rechts hinten aufgefallen?“

„Werkschutz hinschicken! verhaften!“

„Das können wir nicht - das Schild wandert.“

„Was soll denn das heißen? Da sind doch viele Genossen darunter!“

„Ich weiß, wie das geht. Da sagt der, der das Transparent hat und gemerkt hat, was da draufsteht, einfach zum
Nächsten: Kollege, halte mal einen Moment das Transparent, ich muß mal austreten gehen.“

                                                                            Seite 123

„Na? Was suchen Sie denn hier?“

„Na Bummchen (Löwenzahn) für meine Kaninchen.“

„Wissen Sie auch, daß die Volkseigentum sind?!“

„Was, die Bummchen auch?“

„Na klar - alles was Sie hier sehen ist Volkseigentum, auch die Bummchen - - also jeden DDR-Bürger steht
sein Bummchen zu und Sie rupfen sich gleich einen ganzen Haufen. Also bei legalem Vorgang müßte erst die
Volkskammer entscheiden, ob Sie sich Bummchen holen dürfen oder. . .“

„Sie haben wohl nicht alle Schwalben im Nest, Wachtmeister!“

„Sind Sie vorsichtig Frau Jahn, das ist Beamtenbeleidigung!!“

FROHE WEIHNACHTEN Seite 124

„Haben Sie schon gehört? Man erzählt sich, der Konsum zieht nach den Westen um, darum sind die Regale so leer.“

„Ach was? Ist bestimmt wieder ein Witz, hahaha. Ich habe dieses Jahr noch nichts für Weihnachten - - es gibt keine Schokolade und keine Apfelsinen mehr. Zum Glück gibt es wenigstens noch Fleisch, aber mein Bruder, der Schäfer, schlachtet ja sowieso einen Hammel, nicht wahr. Na, und wenn man mal die Schafe zählt, da ist er eben weggelaufen.“

„Das ist wohl auch ein Witz, daß da Heringsdosen stehen?“

ZAPPENDUSTER Seite 125

„Sage mal Elektriker, was habt ihr denn für einen Mist gebaut? Ich bin kaum in mein Häuschen eingezogen, da ist schon die Leuchtstofflampe kaputt. Und da habe ich euere Schwarzarbeit noch in Westgeld zahlen müssen!“

„Nun mal langsam - - was ist denn mit der Lampe?“

„Na komme nur rauf und gucke nach! Einmal brennt sie, dann geht sie wieder aus, dann brennt sie wieder.“

„Ach so - - da ist mir alles klar. Das liegt am schlechten Strom, mein Guter, wenn hier ein großer Stromverbraucher in der Nähe ist - ein Kombinat (DDR-Betrieb) oder so - und der schaltet voll ein, dann bricht deine Spannung zusammen, das heißt, die Glühlampen werden dunkler und die Leuchtstofflampen gehen aus.“

„Kann man da nichts machen?“

„Höchstens, du schaltest die Lampe über einen Stromregler wie den Fernseher.“

„Gucke, jetzt brennt sie wieder.“

IM HIMMEL Seite 126

„Nun vermaledeit - was suchen Sie denn hier oben?“

„Ich bin ein katholischer Bayer, Sie protestantischer Saupreuße!“

„Ich bin kein protestantischer Preuße - ich bin ein sozialistischer Sachse, Sie Kackarsch!“

„Halt dein Maul, Saubär grauslicher!“

„Ich latsche dir gleich eine, du elender Krüppel!“

„Blöde Rübe blöde!“

„Du Stachelbeerförster - du Schei - - -!“

„NA NA NA, WIR SIND HIER IM HIMMEL!“